ars vivendi
Krimi

KRIMI SNACK

Jörg Steinleitner

# Der Fall Augustin Stiller

ars vivendi

Das »Erste Heft« dieser Ausgabe (Seite 7 und Seite 10–115) erschien erstmals 2007 im Lagrev-Verlag.

Erste Auflage Oktober 2013

www.arsvivendi.com

Umschlaggestaltung: ars vivendi verlag
Druck: Appel & Klinger, Druck und Medien GmbH,
Schneckenlohe

Printed in Germany

ISBN 978-3-86913-294-5

# DER FALL AUGUSTIN STILLER

*Der folgende Text beruht auf wahren Begebenheiten. Sämtliche Namen der handelnden Personen, auch die der Personen des öffentlichen Lebens, sowie alle Ortsbezeichnungen wurden aus Rücksicht auf die Beteiligten geändert. Alle Aussagen der wörtlichen Rede wurden von Beteiligten wie niedergeschrieben gemacht. Allerdings wurden sie zum Teil aus Gründen der Verständlichkeit und Lesbarkeit und zum Schutz der Aussagenden thematisch umstrukturiert oder anderen Figuren zugeordnet. Wer glaubt, bestimmte Aussagen bestimmten Figuren des wirklichen Lebens zuordnen zu können, geht fehl.*

# ERSTES HEFT

*Augustin Stiller ist verschwunden. Spurlos. Im Sommer. Im Bergland. Ich sitze am Esstisch im Bauernhof meiner Großmutter und stoße beim Durchblättern der örtlichen Zeitung durch Zufall auf diesen Artikel, der anlässlich des einjährigen Verschollenseins von Stiller erschienen ist. Ich kann nicht sagen, ob es der im Bergland sehr gebräuchliche Name Stiller ist oder ein anderer Umstand – jedenfalls befällt mich unwillkürlich die Ahnung, dass ich Augustin Stiller gekannt haben könnte. Zwar lebte Stiller zuletzt nicht mehr in Dorfen drunten, sondern droben in Jochberg, doch seine Kindheit hat er dort, ich meine in Dorfen, verbracht – genau wie ich. Und nun ist er verschwunden, seit einem Jahr. Was ist mit Stiller geschehen? Ist er tot? Fiel er einem Mord zum Opfer? Hat er sich das Leben genommen? Oder ist er aus der Enge der bergländischen Hügellandschaft geflüchtet? Dass einer aus dem Bergland einfach so verschwindet, ohne einen Brief, Schulden oder andere Spuren zu hinterlassen, ist ein derart unerhörtes Ereignis, dass ich beschließe, mich auf Stillers Spuren zu begeben. Denn eines ist gewiss: Aus dem Bergland verschwindet niemand spurlos!*

Aus der örtlichen Zeitung, September 2006

## Keine heiße Spur im Fall Stiller

Das Rätselraten um das Schicksal des vermissten Augustin Stiller geht weiter. Auch ein Jahr nach seinem Verschwinden hat sich nach Angaben der Kriminalpolizei Seligenfels keine heiße Spur ergeben.

Der Jochberger Augustin Stiller wird seit dem 31. August des vergangenen Jahres vermisst. An dem Tag hatte der angestellte Anlageberater seine Arbeitsstelle um 8.45 Uhr verlassen, nachdem er noch 50 Euro abgehoben hatte. Sein Auto, ein schwarzer VW Polo, stand ab 11.15 Uhr auf dem Parkplatz neben der Bundesstraße am Bad Breitenwieser Alpenfriedhof.

Nach neuen Erkenntnissen der Kriminalpolizei könnte der 36-Jährige an dem Tag um 10.50 Uhr im Bereich Seligenfels-Schellingen gewesen sein. Jedenfalls ist dort von einem Handy aus die Mailbox abgefragt worden. Das Mobiltelefon wurde später neben Geschäftspapieren in Stillers verlassenem Auto gefunden.

Rätselhaft ist für die Kripo nach wie vor ein ominöser Termin mit einem Herrn Hauser im Bad Breitenwieser Seerestaurant, der für 9.15 Uhr in Stillers Kalender eingetragen war. Niemand konnte bislang das Geheimnis um die Identität dieses vermeintlichen Geschäftspartners lüften. Eine weitere Spur gibt ebenfalls noch nach einem Jahr Rätsel auf: In Stillers Auto war ein Fahrrad transportiert worden, er selbst hat jedoch nie eines besessen. Zudem will ein Zeuge Stiller bereits zwischen 6.00 und 7.00 Uhr auf besagtem Parkplatz bei einem Handytelefonat in seinem Auto beobachtet haben.

Das Konto von Stiller weist laut Kripo Seligenfels bis heute keine Bewegungen auf. So fehlt bis heute jede konkrete Spur. Dies, obwohl Stillers Verschwinden bereits Anfang des Jahres Thema einer *Aktenzeichen XY ... ungelöst*-Sendung war. Die Kripo hält nach wie vor ein Gewaltverbrechen für denkbar. Der Vermisste könne aber auch freiwillig verschwunden sein. *Klaus Zeiss*

*Wie findet man einen, der verschwunden ist? Man nimmt seine Lebensspur auf und folgt ihr. Man betritt seine Gedankenwelt, versucht ihre unsichtbaren Strukturen zu begreifen. Kann mir dies bei Stiller gelingen? Ich bin nur wenige hundert Meter von ihm aufgewachsen. Vermutlich war ich früher einmal sein Kunde in der Bank. Wir haben viele gemeinsame Bekannte, die mir bei meiner Suche helfen können. Ob sie dies tun werden? Die Menschen unserer – ich meine Stillers und meiner – Heimat sind nicht redselig. Wortkarg und misstrauisch sind sie, gerade gegenüber Fremden. Und in den Augen vieler Bergländer bin auch ich ein Fremder – zum Fremden geworden, denn auch ich habe meine Heimat verlassen, wie Stiller, ja; und doch ganz anders: Bei mir gibt es Spuren. In regelmäßigen Abständen kehre ich zurück und erneuere sie, indem ich den Hof meiner Großmutter im wenige Kilometer östlich von Dorfen gelegenen Julianesberg besuche. Dann helfe ich beim Eintreiben der Kühe in den Stall. Dann stehe ich gedankenverloren in einer Wiese und bestaune die grüne Schönheit der Landschaft, die Sanftheit der Hügel. Das Bergland ist keine schroffe Gebirgsformation. Vielmehr gleicht es einer zu groß geratenen Miniatureisenbahnlandschaft, und die Menschen, die in ihr leben, wissen um ihre einzigartige Schönheit. Jedenfalls die meisten unter ihnen. Nur wenige gehen den gewerbesteuergierigen Bürgermeistern beim Verschandeln der Natur zur Hand, und doch sind es zu viele. Das Getier, das seit Urzeiten in den Wäldern und auf den Feldern lebt, muss Unternehmen und Einfamilienburgen weichen, muss verschwinden und sterben. Wie Stiller? Hatte ihm jemand seine persönliche Landschaft verbaut? Hatte er das Abenteuer gesucht und war dabei in mörderische Kreise geraten? Hatte Stiller Feinde?*

**Prot.*: Petra Lutz** ARBEITSKOLLEGIN

Der war an besagtem Tag völlig normal bei uns in der Bank. Da war nix, gar nix verändert. Gar nix. Aber er war ja eh immer im Stress. Immer. »Weißt ja, wie's ist«, hat er immer g'sagt: »Da sollt ich schon sein, da sollt ich schon sein ...«

Ein Donnerstag war das, als es passierte, ein Mittwoch oder ein Donnerstag. Ich glaube, Donnerstag. Nein, gar nichts Auffälliges hat er g'macht. Sogar einen Scherz hat er noch g'macht: »Ha, wenn du reinkommst, dann geht die Sonne auf«, hat er g'sagt zu mir. Solche Sprüche hat er ja schon immer 'konnt.

Am Mittwochabend war noch Standkonzert, da hab ich den Gustl noch spielen sehen auf dem Kirchplatz. Ich bin spazieren 'gangen und ich glaub, er ist anschließend noch mit dem Mooshub Karol, das ist unser Dirigent, ein Bier trinken 'gangen, und am anderen Tag, das war der Donnerstag, da ist die ganze Sache dann passiert.

Zum Termin um 11.30 Uhr ist er nicht erschienen. Und die Kundin rief bei uns an, weil das war für den Augustin ja nicht denkbar – dass der nicht anruft und sich entschuldigt, wenn es eine Verspätung ist. Die hat also in der Bank angerufen und hätte den Herrn Stiller sprechen wollen. »Ja, der ist nicht da.« Und ob er sie nicht angerufen hat? Ob er noch kommt?

* Protokoll der Aussage

Oder sich verspätet hat? Oder erst am Nachmittag kommt? Und auf dem Handy hat man ihn nicht mehr erreicht und nix. Um 11 hätte er den Termin g'habt und um 11.30 Uhr hat sie dann angerufen. Und um 14 Uhr hätt er in der Bank einen Termin gehabt mit der Kollegin, wo das weiterbearbeitet, seine verkauften Anlage-Sachen. Also im Prinzip wusste man in der Bank schon um 11.30 Uhr, dass irgendetwas nicht seinen normalen Gang geht.

Ja, nachdem er Produkte, Bausparverträge und so was, verkauft hat, übergibt er die Dokumente einer Kollegin, die die dann fertig macht. Das heißt: in den Computer einpflegen – und da ist er ja nicht mehr gekommen. Und die Lebensgefährtin hat man ja auch gleich angerufen, ob sie was wüsste. Und die ist aus allen Wolken gefallen, »ich weiß auch nix«, hat sie g'sagt.

## Prot.: Gitta Häusler EINE FREUNDIN

Von seinem Verschwinden hab ich über die Zeitung erfahren. Da war ich geschockt. Ich bin nämlich aufg'wacht und mein Mann sagt: »Dein lieber Freund ist abhandengekommen.« Dann habe ich g'sagt, ich hab mehrere – welcher denn? Als mein Mann dann »der Stiller Augustin« g'sagt hat, war ich sofort geschockt. Und dann ist er mir drei Wochen lang nach'gangen. Das war so schlimm, also ich bin ständig mit ihm in Kontakt gewesen. Er war das Erste in der Frühe, wo ich erwacht bin, und das Letzte, wo ich abends ins Bett bin. Und am Schlimmsten war es, wenn ich spazieren 'gangen bin. Ich hab g'meint, der will mit mir sprechen, da ist irgendwas. Ich hab wirklich denkt, ich werd irr. Ein weiser Mann hat zu mir einmal g'sagt: »Wenn man mit jemand engen Kontakt hat und der geht irgendwie, den hat man ständig im Nacken.« Und ich war nachher wirklich so schlimm und hab nachher geschimpft mit ihm. Ich hab zu ihm g'sagt: »Lass dich sehen, Gustl, oder sag mir irgendwas oder gib mir meine Ruhe wieder.« Und er hat mir geantwortet: »Ich kann nicht«, das hat er g'sagt: »Ich kann nicht.«

Er ist halt ein Mensch, der will es jedem recht machen. Immer gut, immer hilfsbereit. Immer ... Und ein ruhiger Mensch. Obwohl er Feste gerne mag – ja sicher! Feste feiern hat er gerne gemocht. Da hat er dann getanzt und allen Blödsinn mitgemacht. Ja, wir waren sehr vertraut. Nein, von seinem Privatleben hat er nicht viel erzählt. Mir schon etwas, aber anderen wenig. Ich glaub, mir hätt der Augustin alles erzählt. Wenn ich g'fragt hätt. Ich hab aber nicht gefragt. Was er mir erzählt hat? Wie er auf dem Bauernhof aufgewachsen ist: eigentlich gut, bloß dass keine Mutter da war, ich weiß nicht warum. Und die Schwester ist weg'zogen, wegen einer Heirat oder was. Das war in seiner Lehrzeit noch, da war er so 16, 17. Und keiner hat den Haushalt führen können. Es sind ja lauter Männer gewesen, wie die Schwester weg war. Der Augustin, der Hannes, der Ludwig und der Armin und der Vater, Georg heißt der. Der Augustin ist der Zweitgeborene. Der Älteste hat den Hof. Aber auch aus den anderen ist allen was g'worden. Die haben's nicht leicht g'habt ohne Frau im Haus. Aber wie die Schwester weg war, hat der Augustin alles gemacht: vom Einkaufen bis übers Backen, Kochen, Waschen, Bügeln und noch nebenher den Bankbetriebswirt. Und Musik auch noch. Bei der Musikkapelle muss man ja ständig parat sein: hier ein Einsatz, da ein Einsatz, hier ein Einsatz.

Dass er das alles gemacht hat, hat ihn nicht belastet. Aber stolz war er auch nicht drauf, oder nur insgeheim. Nein, er hat da wenig drüber geredet. Ein Augustin macht das einfach.

*Wer im Bergland noch den richtigen, ursprünglichen Dialekt spricht, vermeidet es, sein Gegenüber direkt anzusprechen. Wenn man sich bei jemandem nach seinem Befinden erkundigt, fragt man nicht: »Wie geht es dir?«, sondern: »Wie hat er's heut?« Und auch der Befragte wird, selbst wenn es ihm sehr gut geht, sich jede übertriebene Gefühlsäußerung sparen und bestenfalls antworten: »Es tut's schon«, was so viel bedeutet wie: »Es geht schon«. Der Bergländer meidet es, zu viel von sich preiszugeben.*

## Prot.: Sieglinde Gottesdiener ARBEITSKOLLEGIN

Ich möchte nicht so gerne darüber sprechen. Das wäre ganz was anders, wenn ich nicht mehr im Job wär, nachher hätt ich's leichter zum Antworten. Weil so bin ich auf Messers Schneide. Weißt du, ich mocht ihn gern, den Augustin. Wenn du ihn finden tätst, dann würd's mich freuen. Ja, der war Kundenberater bei uns in der Bergland Bank. Zuständig für vermögende Kunden.

Der Stiller Augustin hat eigentlich bei uns fast alles erreicht. Da hätt er gut leben können so. Sein Verdienst war auch gut. In der Größenordnung so zwei-drei, zwei-fünf. Außerdem kriegt er pro Produkt, was er verkauft, dann noch eine Provision. Ja, gespart hat er auch was, aber das Geld ist alles unberührt bei uns auf der Bank. Das ist schon wahnsinnig. Ich denk mir immer, er wird doch nicht irgendwo reing'raten sein. Du weißt ja, die Mentalität von so Leuten aus dem Ostblock, ich will ja nicht rassenfeindlich oder sonst was sein, aber die bringen dich doch schneller um die Ecke als ..., wie meine Schwester g'sagt hat: »Die zünden dich an und es ist gar nix mehr von dir da. Oder die stecken dich in ein Fass mit Salzsäure.« Ja, stimmt schon, dann müsst immer noch das Fass da sein, das stimmt natürlich. Aber es ist keins da.

Wie so ein Arbeitstag aussieht von einem Anlageberater, kann ich dir schon sagen: sehr frei von der Zeiteinteilung her. Also in der Frühe ist es ganz normal, dass sie alle kommen – so um sieben, acht oder Viertel nach acht. Sollte er nicht um die Uhrzeit kommen, dann sagt er am Vortag schon: »Ich komme morgen später, ich habe da und da noch einen Termin.« Und das war an dem Tag ja so: Er ist in die Bank 'kommen, um sieben oder wann, und hat dann um Viertel nach acht noch 50 Euro geholt und hat g'sagt, er geht jetzt in den Außendienst. Aber man wusst ab Viertel nach acht von keinem Kundentermin, erst den um halb zwölf. Und bei dem um halb zwölf ist er nicht erschienen.

*Die Menschen, mit denen ich über Stiller spreche, haben Angst. Wovor? – Davor, im Dorf als Verräter zu gelten? Oder weil sie die Rache eines Mörders fürchten? Ist es vorstellbar, dass Augustin Stiller umgebracht wurde? Der Stiller, der in der Musikkapelle die Trompete spielte? Der Stiller, der seinen Brüdern selbstlos den Haushalt führte und parallel zu seiner Arbeit in der Bank eine Zusatzausbildung zum Bankbetriebswirt absolvierte? Der Stiller, der seit Jahren mit derselben Frau zusammenlebte? Wo wäre denn da das Motiv? Wer wollte Stiller Böses? Als ich Sieglinde Gottesdieners Haus verlasse, ist es früher Abend und doch schon dunkel. Ich denke an das, was ich mal über die Gefühle von Angehörigen und Freunden von Vermissten gelesen habe. Ich glaube mich zu erinnern, dass der Autor die Verschollenen als »Schattenmenschen« bezeichnete. Weil sie Grauen unter ihren Angehörigen verbreiten, solange diese ihren geliebten Menschen nicht irgendwo lebend oder tot im Grab wissen. Mit einem, den man lebend weiß, kann man irgendwie Kontakt aufnehmen oder es zumindest versuchen; am Grab eines Toten kann man weinen, aber so nah man sich einem Menschen, der in den Schatten getreten ist, fühlt, so unerreichbar bleibt er. – Der Herbstnebel hat sich übers Dorfener Tal gelegt. Die Kleinstädter von Bad Breitenwies schimpfen Dorfen ein »Nebelloch«. Dabei hängt der Nebel meist zwischen Dorfen und Bad Breitenwies. Das wissen aber nur die Dorfener. Denn die Bad Breitenwieser schauen vom Berg oben auf den Nebel hinunter und können natürlich nicht sehen, ob er über Dorfen hängt oder in Dorfen. Heute hängt der Nebel ausnahmsweise auch über den Dorfener Feldern und Schindelhäu-*

*sern. Ich passiere das Ortsschild, lenke den Wagen am Skilift vorbei den Hügel nach Durgau hinauf. Dort hatte Stiller eine Weile lang in der örtlichen Filiale der Bergland Bank gearbeitet. Es ist herbstkalt. Noch vor Durgau spüre ich den Harndrang, bremse, biege mit einem Ruck in einen Feldweg ein, stelle Motor und Licht ab. Steige aus. Dichter Nebel. Feuchte Stille, unheimliche Stille. Aber ist diese Stille auch mörderisch? Stiller ist am helllichten Tag verschwunden. Gibt es im Bergland Banden aus dem Ostblock, die einen Stiller ermorden würden?*

## Prot.: Karin Waginger SCHWESTER

Ich war ja weit weg, in Australien. Da lebe ich schon seit '95. Ich habe es vom Armin, meinem Bruder, gehört. Am Telefon hat er es mir gesagt. Und von dem Augenblick an habe ich ständig gemeint, ich sehe den Augustin. Ob das am Strand war oder beim Einkaufen war, ob das in der Arbeit – ich bin Verkäuferin – oder im Restaurant war. Ich kann mir nicht vorstellen, was mit ihm passiert ist.

Also ich glaub, der hat an dem Tag irgendwie ein komisches Date gehabt. Mit wem auch immer. Das ist auch in der Zeitung gestanden, dass zuletzt sein Geschäftshandy in Schellingen abgefragt worden ist. Von wem, das weiß ja niemand. Das war noch am Vormittag. Nicht telefoniert wurde da, sondern die Mails abgefragt.

Das muss in der Zeit passiert sein zwischen Viertel vor neun, als er von der Bank weg ist, und kurz vor zwölf, als das Auto wieder da oben auf dem Parkplatz stand. Das Handy ist ja im Auto gelegen. Das Auto war offen. Außerdem lagen darin seine Geschäftsschlüssel, Haustürschlüssel, Autoschlüssel, sein Reisepass und Personalausweis, seine ganzen Bankunterlagen, seine Aktentasche, die er immer zu den Beratungsterminen mitgenommen hat – das alles war im Auto. Und alles unberührt, sogar seine Geldbörse. Alles ist zurück'blieben.

Okay, wenn der Augustin sich absetzen will, mit der Kreditkarte kann er ja sowieso nichts anfangen. Weil, da könnte man ihn ja gleich wieder finden. Da muss er eine total andere

Identität haben. Da braucht er keinen Reisepass, da braucht er keinen Personalausweis von früher. Ja, es ist alles da. Alles, außer ihm.

Ob man Fingerabdrücke im Auto gefunden hat, weiß ich nicht. Darüber stand nichts in der Zeitung. Nein, darüber hat man mir auch nichts gesagt. Man hat nur im Auto festgestellt, dass das Fahrrad, mit dem man angeblich jemand wegradeln gesehen hat, dass das in dem Auto befördert worden ist, vom Augustin. Das konnte man wohl anhand der Spuren im Auto feststellen. Aber wer mit dem Fahrrad weggeradelt ist, das weiß kein Mensch. Der Augustin hat noch nie im Leben ein Fahrrad gehabt, und schon gar kein Mountainbike. Der hat Wanderungen gemacht, aber geradelt ist der Augustin nie. Er hat ja auch nie Sport gemacht. – Doch, eine Weile lang war er im Fitnessstudio. Aber das hat nichts gebracht. Mein Bruder hätte ewig dahin gehen können. Der war ja so ein feingliedriger Mensch. Ein Zarter eher, kann man sagen.

Das Fahndungsfoto ist ganz aktuell, bloß ein bisschen schlecht. Ich finde, er ist hübscher wie auf dem Bild gemacht.

*Je öfter ich das Fahndungsfoto betrachte, umso sicherer bin ich mir, dass ich Stiller persönlich gekannt haben muss. Ich glaube mich an ihn zu erinnern. Wer einmal längere Zeit in einem Dorf gelebt hat, dem ist das Phänomen bekannt: Natürlich kennt man nicht alle seine Mitbürger persönlich. Dazu ist Dorfen mit seinen mehreren Tausend Einwohnern auch einfach zu groß. Aber man kennt sie vom Sehen. Sie standen neben einem in der Bäckerei und Sennerei, im Schreibwarenladen und der Gärtnerei. Sie grüßten einen mit einem Nicken, wenn man sich am Fußballplatz einfand, um ein Spiel der starken Dorfener Auswahl zu verfolgen. Sie saßen neben einem in Bussen und in der Kirche, sie trugen einem im Wirtshaus Bier und Essen an den Tisch, nahmen einen in ihrem Auto mit, wenn man nach Bad Breitenwies oder Jochberg in die Disco des katholischen Pfarrheims trampte, und sie schenkten einem, als man noch kleiner war, eine Scheibe Gelbwurst, wenn die Mutter Aufschnitt oder Bierschinken bei ihnen kaufte. Die Menschen des Heimatdorfes sind einem vertraut, auch wenn man sie nicht wirklich kennt. Wenn ich heute durch Dorfen spaziere, blicken mir diese vertrauten Gesichter entgegen. Bei manchen fällt es mir schwer, in den von der Zeit und dem wechselhaften bergländischen Klima bearbeiteten Gesichtszügen das ursprüngliche Gesicht zu entdecken. Das geht den Dorfenern mit mir sicherlich genauso. Die Zeit verzerrt Gesichter. Doch etwas Charakteristisches bleibt jedem Gesicht anhaften. Kannte ich Stiller nun oder bilde ich mir das nur ein?*

**Prot.: Karol Mooshub** DIRIGENT DER MUSIKKAPELLE

Ja, wir waren noch ein Bier trinken am Abend vorher. Im *Adler* war das, nach dem Konzert. Der Stiller Augustin war ja bei uns für die Finanzen zuständig. Und da gibt der mir die ganzen Rechnungen des Jahres! Im Nachhinein ist mir 'kommen, wie komisch das ist im Sommer, weil normalerweise gibt man die erst am Jahresende ab. Und ich hab zu ihm noch g'sagt, dass das doch Zeit g'habt hätt, aber hierauf er: »Doch, nimm sie, dann sind die mal schon weg.« Ich kann nur sagen, dass der Stiller Augustin für uns alles 200-prozentig gemacht hat. Und zwar egal, was war.

## Prot.: Manfred Ewaldinger KRIMINALHAUPTKOMMISSAR*

Es reicht, wenn Sie mich als Kriminalhauptkommissar bezeichnen oder auch nur dem Namen nach benennen. Die Beantwortung von Medienanfragen wie Ihrer hält natürlich von der Ermittlungsarbeit ab. Trotzdem arbeiten wir sehr gerne und sehr eng mit den Medien zusammen, weil wir dadurch auch bestimmte Dinge steuern können, die die Ermittlungen voranbringen, wie erst jüngst bei einer unbekannten Bahnleiche, die erst mithilfe der Bevölkerung identifiziert werden konnte.

Natürlich können sehr neugierige Journalisten die Ermittlungsarbeit behindern oder gefährden. Wir bemühen uns jedenfalls, all diejenigen Informationen für uns zu behalten, die wir als sogenanntes »Täterwissen« bezeichnen. Auf einen kurzen Nenner gebracht: Der Täter soll vor seinem Geständnis nicht in der Zeitung gelesen haben, wie er es gemacht hat. Nur dann ist ein Geständnis auch ein wertvolles Beweismittel im Strafprozess. Und das muss klar sein: Die Überführung bzw. Verurteilung eines Täters steht zweifellos über der Informationsfreiheit.

Wie glaubwürdig die Zeugen sind, die einen Mountainbike-Fahrer beobachtet haben wollen, der ein Fahrrad aus dem Gebüsch zerrte und vom Parkplatz wegfuhr? Wissen Sie, eines der Studienfächer von Polizeibeamten ist Psychologie.

---

* Leiter der Ermittlungen

Einen großen Raum innerhalb dieses Studienfaches nimmt die so genannte Wahrnehmungspsychologie ein.

Sie beschäftigt sich mit Wahrnehmungsfehlern und ihren Ursachen. Insofern ist klar, dass falsche Aussagen einkalkuliert werden. Andererseits können Aussagen nicht ohne Grund wegdiskutiert werden. Sie sind zunächst mal als Personalbeweis anzusehen. An der Aussage der Zeugin, die den Mann gesehen haben will, der ein Fahrrad aus dem Gebüsch zerrte, zweifeln wir grundsätzlich nicht. Dasselbe gilt für die Zeugin, die Augustin Stiller bereits am frühen Morgen das erste Mal auf besagtem Parkplatz gesehen hat.

Die Frage nach etwaigen Fingerabdrücken, die wir in Stillers Auto fanden, werde ich Ihnen nicht beantworten.

Das allerletzte Lebenszeichen, das wir von Augustin Stiller haben, ist eine Handyortung: Um 10.50 Uhr wurde mit dem Mobiltelefon von Stiller die eigene Mailbox abgefragt. Zu diesem Zeitpunkt befand sich das Handy – und damit höchstwahrscheinlich auch Augustin Stiller – im Bereich des Handymasten, der in Schellingen bei Seligenfels steht. Die Funkzelle ist auf die dortige Bundesstraße gerichtet.

Wahrscheinlichkeitsrechnungen über das, was passiert sein könnte, helfen bei der Ermittlungsarbeit nicht. Wir orientieren uns an Fakten. Danach ist ein Tötungsdelikt nicht auszuschließen. Deshalb wurde im Fall Stiller auch, was Umfang und Intensität der Ermittlungen betrifft, wie bei einem

Tötungsdelikt ermittelt. Stiller kann sich aber auch abgesetzt haben, um sich eine neue Existenz aufzubauen oder um sich das Leben zu nehmen.

Wie wir in solch einem Fall vorgehen? Natürlich orientieren wir uns zunächst an bundeseinheitlichen Polizeidienstvorschriften und länderspezifischen Handlungsanleitungen. Tatsächlich ist aber jeder Fall anders und erfordert daher eine individuelle Vorgehensweise. Dienstvorschriften der Polizei sind nur für den Dienstgebrauch bestimmt. Ich darf Ihnen nicht sagen, wie wir ermitteln.

**Prot.: Wolf Sebastian** ARBEITSKOLLEGE

Da gibt's zwei Parkplätze am Alpenfriedhof. Die sind räumlich versetzt. Wenn er morgens schon auf dem Parkplatz war, dann müsste er da in der falschen Richtung gestanden haben, weil er ja aus Richtung Jochberg kam. Man kann, glaube ich, auch von der einen Seite auf die andere rüberlaufen. Ich glaube, dass es von der anderen Seite auch einen Zuweg zum Friedhof gibt.

Aber warum hält er ausgerechnet an dem Parkplatz? Und warum morgens? Das kann Zufall sein. Oder muss er schon auf die Toilette, obwohl er bloß 10 Minuten zur Arbeit zu fahren hat? Hat er da das Fahrrad aufgenommen? Oder dort abgestellt, um es später aus dem Gebüsch zu zerren? Ich kann nur sagen: Auf dem Parkplatz der Bank in Kranzbach sieht jeder, wenn er da mit seinem Polo ankommt, dass er ein Fahrrad im Kofferraum hat. Dann muss er's also auf dem Parkplatz am Alpenfriedhof in die Büsche reinhauen, wenn er nicht will, dass man das Fahrrad in Kranzbach sieht. Das würde ja noch viel mehr dafür sprechen, dass er abgehauen ist.

*Die Kriminalpolizei beantwortet meine Frage nach etwaigen Fingerabdrücken nicht; und gibt sich auch sonst bei aller Freundlichkeit zugeknöpft. Welchen Schluss darf ich daraus ziehen? Wenn keine Abdrücke gefunden wurden, könnte man das doch bekannt geben! Andererseits: Wurde Stiller umgebracht und im Wagen fanden sich keine Fingerabdrücke, dann hätte ein möglicher Täter einen Grund mehr, seine Tat abzustreiten. Stiller hat am Tag seines Verschwindens 50 Euro abgehoben. Hebt man so wenig Geld ab, um sich abzusetzen? Setzt man sich ab und lässt seine Papiere liegen? Wie glaubt Stiller, ohne Papiere das Land verlassen zu können? Wenn Stiller freiwillig das Land verlassen hätte – wovon sollte er leben? Seine Ersparnisse sind unangetastet. Führte Stiller ein Doppelleben? Warum fuhr Stiller um 10.50 Uhr in Richtung Schellingen und Seligenfels, obwohl er um 11.30 Uhr einen Termin bei einer Kundin in der entgegengesetzten Richtung hatte? Hatte der zuverlässige Stiller um 10.50 Uhr bereits vor, diesen Termin platzen zu lassen? Konnte Stiller um diese Uhrzeit überhaupt noch selbst fahren oder war er schon gefesselt und geknebelt oder gar tot? Je länger mich Stillers Verschwinden beschäftigt, umso klarer wird mir, dass das Aufspüren von Menschen einer komplizierten Wissenschaft gleicht. Meine Hoffnung, von den zuständigen Ermittlern weiterführende Informationen zu bekommen, hat sich zerschlagen. Ich brauche Hilfe. Doch wer kann mir helfen? – Das Glück spielt mir einen Kontakt zu, mit dem ich nicht rechnen durfte: Ich mache die Bekanntschaft Helmut Ackermanns, eines Fahnders der Kriminalpolizei. Die merkwürdigen Wege, die mich zu ihm führten, muss ich an dieser Stelle geheim halten. Ich muss Ackermann schützen. Soviel nur: Ackermann kennt sich wie kein Zweiter in der Fahndungsarbeit aus. Ackermann weiht mich ein in die professionelle Suche nach vermissten Menschen. Dafür danke ich Ihnen, Ackermann. Fortan bin ich Ihr Schüler.*

## Prot.: Helmut Ackermann

EIN FAHNDER DER KRIMINALPOLIZEI

Seien Sie beruhigt: Es ist nicht ungewöhnlich, dass die Polizei nicht über gesicherte Fingerspuren berichtet. Einmal wäre diese Sicherung eine Routinemaßnahme, ebenso wie die Sicherstellung von Haaren, Faserspuren etc., die nicht im Einzelnen hervorgehoben werden müssen; zum anderen werden Fingerspuren erst interessant, wenn sie ausgewertet wurden, d. h. wenn man sie einer Person zuordnen kann. Diverse gefundene Fingerabdrücke können von sogenannten »Berechtigten« stammen, also Personen, die in dem Fahrzeug saßen ohne Zusammenhang mit dem Vermisstenfall. Hierbei werden von den Berechtigten Vergleichsabdrücke genommen – ich nenne das »Klavier spielen« – und diese mit den gesicherten TO-, also ich meine Tatort-Spuren verglichen – zum Ausschluss.

## Prot.: Oswald Gerwinkel BEKANNTER

Wenn ich jemandem aus Hamburg erzählen müsste, was passiert ist, dann würd ich einfach sagen, dass da jemand während der Arbeitszeit verschwunden ist und kein Lebenszeichen seitdem von sich 'geben hat. Und dass halt so komische Sachen mit drin sind, dass man a) ihn nicht g'funden hat, die Selbstmordtheorie ist momentan nicht bestätigt worden. Und dass er abg'hauen ist, dafür hat man halt bis jetzt noch keine Bestätigung, und dass das Interessante daran ist, dass man jetzt in dem Spannungsfeld – ist er vermisst oder ist er tot – steckt. Und dass eben gerade das für die Angehörigen ein Problem ist, dass ihnen halt der endgültige Beweis fehlt, wie bei Tsunamiopfern auch: Das Schlimmste an dem Verschwinden ist, dass die Angehörigen nicht wissen, ob sie trauern sollen oder hoffen.

Der letzte Tag vom Stiller Augustin war ungefähr so: Der war bei der Arbeit, hat dann keine Anzeichen 'geben, dass er etwas Größeres vorhat, sondern ist während seinem Tagesablauf einfach mal verschwunden, hat irgendeinen Kundenbesuch g'habt, wo man nicht einordnen kann, wie man das zu werten hat, weiß ich nicht, also ich zumindest nicht ..., und dass es halt dann ein bisschen komisch war, dass er mit dem Fahrrad abg'hauen ist, obwohl er gar kein Fahrrad hat, und dass eben dieses Fahrrad das Tor zur Spekulation so weit aufg'macht hat.

So einen Fall hat's im Bergland noch nicht 'geben. Also

nur eines: Ich weiß jetzt nicht genau, wo es herkommt, aber ich habe gerüchteweise g'hört, dass im Prinzip auch dem Stiller Augustin sein Nachbar verschwunden ist, drei Wochen später. Da gibt's aber momentan; und offiziell noch keinen Zusammenhang.

Ich glaube, da ist in der Zeitung mal etwas drin gestanden, da ging es um den Jochberger Reptilienzoo. Ich kenne die Story zu wenig, aber neulich hat mir jemand erzählt, dass das angeblich der Nachbar vom Augustin gewesen sein soll. Bei mir hat sich da gedanklich sofort eine Verbindung herg'stellt. Aber bitte nagle mich jetzt nicht fest, ich glaube nicht, dass ich es 'träumt hab.

Dass seine Lebensgefährtin hinter der Sache steckt, war nie ein Gerücht und ist auch total auszuschließen. Die hat ja sogar noch auf eigene Kosten zusätzlich eine Suche mit Hubschrauber, Bluthunden und allem Drum und Dran 'zahlt. Obwohl die Polizei ihr g'sagt hat, dass das nichts bringt. Die leidet, dass er weg ist. Ich kenne die. Für die ist das schrecklich.

*Der Parkplatz. Ein normaler Bundesstraßen-Parkplatz mit Blick auf die Berge. Als »atemberaubend« würde man die Sicht auf die Alpenkette in einem Werbeprospekt beschreiben. Mülleimer, Büsche, Bäume. Oberhalb davon liegt der Alpenfriedhof. Dort war ich seit der Beerdigung eines meiner besten Freunde nicht mehr. Motorradunfall. Mit 18. Das Motorrad hatte er seit zwei Wochen. Den Führerschein hatten wir gemeinsam gemacht. Am Tag vor seinem tödlichen Unfall hatte ich mir noch das Motorrad ausgeliehen. Um mit meiner Freundin eine Spritztour zu machen. Sie war 15 und ihre Eltern wussten nichts davon. Ihr Vater hätte mich umgebracht. Am nächsten Tag hat dasselbe Motorrad, es war eine leichte Geländemaschine, meinem Freund das Bein weggerissen, einfach so. 50 Meter weit sind die Körperteile geflogen. Ein Tourist war das, der auf der dunklen Bundesstraße wenden musste. – Der Parkplatz. Dort haben wir oft im Auto sitzend Joints geraucht, gegen die Langeweile. Zu Hause ging das nicht, wegen der Eltern. Wir führten ein Doppelleben. Tagsüber Schüler, nachts Rockstar. Natürlich nur vom Lebensgefühl her. Die Drogen kamen aus der Schweiz. Der LSD-Trip, der mir eine Teufelswahrnehmung bescherte, war auch von dort. Ein Doppelleben ist nicht ohne Gefahr. Ich habe überlebt. Und Stiller?*

## Prot.: Helmut Ackermann

Sie haben mich mit einer nicht uninteressanten Bitte betraut und gerne habe ich den geschilderten Sachverhalt gestern auf mich wirken lassen – bis hin zum Einschlafen. Ich versuche nun, meine Gedanken in geordneten Bahnen an Sie heranzutragen – ob es mir gelingt, weiß ich nicht:

Aufgrund der Auffundsituation des Pkw – unverschlossen, zurückgebliebene Papiere etc. – und der Umstände des plötzlichen Verschwindens jenes Bankangestellten wird die Polizei zunächst »vom Schlimmsten« ausgehen und einen Anfangsverdacht auf eine Straftat zum Nachteil der VP, das heißt der vermissten Person, oder auf einen möglichen Suizid hin richten. Ergo ist der Pkw auf etwaige Spuren wie Fingerabdrücke, DNA-untersuchungsfähiges Material, zum Beispiel Haare, Zigarettenkippen etc., die der Aufklärung einer eventuellen Straftat bzw. als Beweismittel vor Gericht dienen, zu untersuchen. Parallel dazu erfolgt die Absuche des Geländes mithilfe entsprechender Einsatzkräfte. Zum Beispiel Bereitschaftspolizei in Zugstärke, Hundeführer, Polizei-Hubschrauber – nachts mit Wärmebildkameraeinsatz. Hierbei ist das polizeiliche Prinzip der Absuche »von innen nach außen«, gilt insbesondere bei Gebäuden, zu beachten. Daneben sind die Kontaktpersonen des privaten und beruflichen Umfeldes der VP dem Sachverhalt entsprechend zu befragen bzw. einzuvernehmen – Beziehungsqualität etc. Es ist dafür Sorge zu tragen, dass die VP unverzüglich in das Fahndungssystem aufgenommen wird, was in der Regel mit einem Fernschreiben an die zuständige Länder-Polizeibehörde erfolgt; im Hinblick auf allgemeine oder zielgesetzte Polizeikontrollen bzw. Kontrollen im Grenzverkehr – Flughafen, Landesgrenze.

*Ich treffe mich nun regelmäßig mit Ackermann. Er gibt mir Halt in diesem merkwürdigen Fall, bei dem nichts zusammenzupassen scheint. Wer sagt denn, dass die Menschen, die Stiller beseitigten, nicht auch bereit wären, mich zu beseitigen, sollte ich ihnen auf die Spur kommen? Heute erklärt mir Ackermann, wie ich bei meinen Vernehmungen vorzugehen habe. Ja, Ackermann sagt »Vernehmungen«. Ackermann erklärt mir, dass es den Verbrecher- und den Polizeijargon gibt und dass die Polizei immer schon vom Ganoven zu lernen hatte und nicht umgekehrt. Der Polizeibeamte sollte also nicht nur die Fähigkeit haben, den richtigen »Ton« für die verschiedenen Schichten des Volkes zu finden, sondern auch Ausdrücke und Redewendungen kennen, denen sich Subkulturen, die Szene und das »Milieu« bedienen, ohne zu versuchen, sich ihnen im Schein gleichzustellen. Ackermann sagt, der Beamte sollte fähig sein, zu seinem Gegenüber eine Kontaktebene herzustellen, ohne selbst seine Autorität preiszugeben. Ackermann sagt »der Beamte«, aber letztlich meint er damit mich. Ackermann hat mich als Schüler angenommen. Und noch etwas sagt Ackermann: Zigaretten-hol-Fälle seien selten und wenn, dann flögen sie eines Tages auf; es bedürfe vieler Voraussetzungen, um in ein neues Leben einzusteigen, und viele Umstände und Bedingungen seien erforderlich, ein solches Leben auf Dauer durchzustehen. Wie stark ist der mir als sensibel geschilderte Stiller? Ist es ihm zuzutrauen, dass er sich abgesetzt hat? Gegen einen Mord spricht, dass es kein Motiv gibt. Allerdings fehlt auch jedes Motiv für ein Sich-Absetzen oder Selbstmord. Kann man lebensmüde sein, ohne dass es irgendwer bemerkt?*

## Prot.: Sieglinde Gottesdiener ARBEITSKOLLEGIN

Unsere Bank besteht aus mehreren Filialen und er hat den Bereich g'habt – Buckl war das, später auch noch Kranzbach und Holzau dazu, da aber nur vertretungsweise. Genauso Himmelreich. In Dorfen hat er ang'fangen: Lehre, Ausbildung, dann Zweigstelle Durgau, dann Buckl und so hat er sich peu à peu hochg'schafft und ist dann Vermögende-Kundenberater g'worden und hat die Topkunden beraten. Seine Aufgabe war es, das Vermögen für den Kunden bestens anzulegen, und außerdem Finanzierungen. Das beginnt bei Vermögen ab 50.000 und geht bis ins Unermessliche. Kleinere Anlagen hat er nur nebenher beraten oder es sind andere dafür zuständig gewesen.

Der Augustin war immer gut drauf. Sogar – da war mal so ein unguter Vorfall in der Arbeit –, da hab ich zu ihm g'sagt: »Wie hast du das verarbeitet?« – »Ja, Sieglinde«, hat er da g'sagt, »da musst du einfach durch.« Nachher habe ich g'sagt: »Augustin, das geht net so einfach. Du redest das so dahin, das geht net so einfach!« – »Ja, weißt ja selber«, hat er dann g'sagt, »das müssen wir halt irgendwie verarbeiten, da muss man halt einfach durch.« Das war alles. So ist der. Wirklich immer gut drauf, auch wenn's mal schwierig ist. Immer lustig, immer ein Lächeln im G'sicht. Und offen. Und doch nicht offen. Ich hab's Gefühl g'habt, dass er tief drinnen ein ganz ein anderer Mensch ist. Ich weiß schon, man sagt doch manchmal: »Wenn mir alles zu viel ist, dann haue ich einfach ab.« Aber der Augustin hat so was niemals g'sagt.

Ich habe ihn vom ersten Augenblick an gern g'habt. Er ist als ganz verschlossener Junge 'kommen, mit so einem Pollunderle, und ein Schmaler war's ja sowieso, so ein richtiges Bübchen in der Bank. Dann hat er sich raufgearbeitet bis zum Vermögende-Kundenberater. Eine Karriere. Eine Top-Karriere!

Aber mit dem Augustin und mir, das war schon komisch: Zum Beispiel, dass zufällig immer ich an seinen Tisch 'kommen bin, wenn eine Feier von der Bank oder sonst irgendwas war. Und dann haben wir vom Chef schon zum Hören 'kriegt, dass zwischen uns was läuft. Natürlich nur spaßeshalber. Die Fröhlichkeit vom Augustin, die war schon immer besonders. Wenn wir gefeiert haben, dann haben wir alles durcheinander getrunken. Und wenn er einen Schwips hatte, dann hat er auch mal eine Zigarette gepafft. Aber sonst nie.

Geschäftlich war der Augustin ein Top-Kollege. Und hat wahnsinnig gearbeitet, war unheimlich fleißig. Und wenn es sein hat müssen, hat er um halb sechs ang'fangen und bis spät in die Nacht durch; und er hat auch seine Freizeit dann rausgenommen, wir durften ja gleiten. Wir haben über alles geredet, auch privat. Oder auch gelästert. Mit dem konntest du so richtig lästern wie mit einer Frau. Weil man gewusst hat, das bleibt nachher unter uns. Augustin kann man voll vertrauen ..., das ist ganz komisch.

Oft hat er für uns Damen von der Bank einen Eierlikörkuchen gebacken. Der war so lecker und dann haben wir immer wieder gesagt: »Ach, Augustin, dein Eierlikörkuchen!« Da hat er dann nur g'sagt: »Ach, ich hab Eier genug auf'm

Hof, ich bring' euch wieder einen.« Am anderen Tag war der Eierlikörkuchen da. Der war immer gut drauf. Obwohl's innen anders ausgeschaut hat, manchmal. Aber da ist niemand anders belastet worden – so wie's bei ihm drinnen ausschaut. Aber wenn wir uns über den Eierlikörkuchen gefreut haben, dann ist er freilich aufgeblüht. Oder im Fasching, wie er die Rosi gemacht hat. So mit Netzstrümpfen, Minirock, blonder Perücke. Den Schnauzer wollten wir ihm auch wegmachen, aber ... Alles durften wir, bloß nicht den Schnauzer wegmachen. Und dann haben wir ihn geschminkt. Und High Heels hatte der an. Er hat den Auftritt geliebt. Erst im Nachhinein ist mir gekommen, wie er so toll die Rosi gemacht hat. Aber das hat sicher nichts zu bedeuten.

Seine Karriere hat er nicht raushängen lassen. Ich weiß nicht, ob er von Anfang an einen Plan hatte. Das ist bei ihm alles peu à peu gegangen. So weit er wieder war, hat er den nächsten Schritt machen können. Das war für ihn total normal. Dass er das durchzieht. Und das hat er aber ganz heimlich durchgezogen: Der hat eine Hürde nach der anderen genommen, das ist ganz normal gewesen – und für uns alle auch ganz normal. Mir ist es so vorgekommen, dass das, was er sich vornimmt, das zieht er durch. Und dabei war er ganz am Anfang so ein schüchterner Bub. Da war die Bank auch eine Chance für ihn. Die hat er genützt. Wir haben uns alle super verstanden und da hat man viel Quatsch gemacht, geredet. Das hat ihm aber schon auch etwas gebracht. Da ist er locker geworden.

Privates trug er nicht in die Arbeit rein. Auch keine Belastungen. Nie. Dass er schlecht drauf war, das hat's gar nie gegeben. Er war immer gut drauf. Für einen Berater optimal. Der hat das Vertrauen der Kunden gehabt. Ich habe zu ihm oft gesagt: »Ach, dir unterschreiben sie doch blind.« Und er hat auch niemanden über den Tisch gezogen. Ja, die Berater haben alle ein Festgehalt. Aber wir haben auch alle Zielvorgaben. Die Ziele müssen erreicht werden – ob das Bausparkasse ist oder Lebensversicherung, Sachversicherungen, alles ... Es hat jeder Zielvorgaben. Aber für den Augustin waren die nie ein Problem. Das ist nicht selbstverständlich, allgemein so, im Bankenbereich. »Da muss man sich verabschieden« heißt's dann, wenn's hapert, Kündigung meine ich. Der Augustin war einfach so ein Typ, der war ehrlich. Darum hatte er Erfolg.

Ich weiß nicht, wie er sein Geld angelegt hat. Nur, dass er eine Wohnung gekauft hat. Das ist eine vernünftige Anlage. Bevor er Miete zahlt, zahlt er lieber die Eigentumswohnung ab. Er ist nicht der Spekulant, wo viel Risiko einsetzt. Ein kalkulierbares vielleicht, so würde ich ihn einschätzen.

Augustin Stiller hatte sehr gute Noten. Überall. Der war top. Den Abschluss hat er an der Berufsschule in Seligenfels gemacht. Bankkaufmann. Davor war er an der Hauptschule Dorfen, Lehre Bergland Bank Dorfen, super Noten, übernommen worden. Dann: Bankbetriebswirt. Den hat er neben dem Arbeiten her gemacht durch zwei Jahre Abendschule in Puppling. Er musste aber auch die ganzen internen Anlageberater-Kurse von der Bank mitmachen, denn die musst du ja nachweisen, sonst darfst du in dieser Größenordnung gar nicht Berater sein. Die sind entweder in Garmisch oder in Kösel. Nach Puppling musst er zweimal pro Woche runter. Ich glaube, immer Dienstag und Samstag. Nein, das hat ihn nicht verändert. Er wollte das ja. Ich glaub auch nicht, dass er da viele Leute kennengelernt hat, weil seine Musikkapelle war ihm ja so wichtig. Da musst er ja am Freitag auf der Probe sein. Da hat es kein Pardon gegeben, am Freitagabend war der Augustin auf der Musikprobe. Musik ist vorgegangen. Er hat, wenn die die fünf Tage Festzelt g'habt haben, ich meine g'spielt, da hat der Augustin eine Woche Urlaub genommen, dass er voll für das Fest da ist. Er war wahnsinnig verantwortungsbewusst.

*Die Treffen mit Ackermann tun nicht immer gut. Ackermann erzählt mir auch Dinge, die ich lieber nicht hören will. Die Erfahrung lehre, sagt Ackermann, dass es sich bei Menschen, die für immer verschwunden bleiben und deren Fälle nach 30 Jahren als ungeklärt ausgesondert werden müssten, um solche Schicksale handelt, bei denen sich ein Mensch vor seinem Suizid verborgen hat, weil er nicht gefunden werden wollte, bei denen ein Mensch als Unfall- oder Selbsttötungsopfer in tiefen Gewässern liegt, in Flüssen versandet ist oder zerschellt in unwegsamen Abstürzen im Gebirge vermodert, als Mordopfer beseitigt wurde oder als unbekannter Toter aufgefunden wurde und nicht identifiziert werden konnte; in den meisten Fällen deute allerdings die Vorgeschichte auf solche Umstände hin und es ergäben sich nicht die geringsten Anhaltspunkte für ein Absetzen. Dass Stillers Leiche irgendwo im Bergland vermodert, will ich mir nicht vorstellen. Und habe dabei im Hinterkopf, dass der Termin, der in seinem Kalender stand, »Hauser, Seerestaurant« lautete. Das Seerestaurant steht direkt neben einem Moorsee. Da kann man schon eine Leiche verschwinden lassen. – Ob man sich da auch umbringen kann? Ein Freund von mir hat es dort einmal versucht, nicht direkt beim Seerestaurant, sondern an einer abgelegenen Uferstelle. Aber das war im Winter, als der See zugefroren war. Ich habe es damals gerade noch gemerkt und ihn zurückgeholt. Aber der Freund war depressiv und Stiller wurde mir von allen meinen bisherigen Gesprächspartnern als fröhlicher Mensch beschrieben. Diese Information lässt Ackermann übrigens kalt. Er sagt, dass man in solchen Fällen wie dem von Stiller mit allem rechnen müsse. Er habe es schon oft erlebt, dass jemand über lange Zeit ein schreckliches Schauspiel getrieben habe, sich verstellt und über sein wahres Ich hinweggetäuscht habe. Ich frage mich, was das ist: Stillers wahres Ich, unser wahres Ich – und ab wann wir beginnen, unserer Umwelt ein Schauspiel vorzuspielen? Wir Bergländer gelten zwar als wortkarg, aber auch als ehrlich. Man kann uns beim Wort nehmen. Wenn ein Bergländer einem anderen Hilfe zusagt, dann hilft er ihm auch. Bei Stadtmenschen ist dies anders. In der Stadt wird oft und gerne Hilfe versprochen, die dann aber nicht gegeben wird. Andersherum sind Stadtmenschen, denen ich etwas versprochen hatte, oftmals überrascht gewesen, wenn ich mein Versprechen dann auch hielt. Dennoch habe ich das Bergland verlassen. Was waren meine Gründe? – Ich wollte ein neues Leben anfangen. Mir einen neuen Ruf, einen neuen Platz im gesellschaftlichen Gefüge erarbeiten. Im Bergland kannten die Menschen mich schon so lange. Ihre Meinung über mich war zementiert, die konnte ich nicht mehr erschüttern. War Stiller mit seiner Rolle unzufrieden? Ist es von Bedeutung, dass er sich im Fasching bereitwillig als Rosi verkleiden ließ?*

## Prot.: Gitta Häusler EINE FREUNDIN

Ich glaube schon, dass er ein erotisches Verhältnis zum Geld hatte. Aber er hat nicht geprotzt. Einen normalen Polo hat er gefahren ... Dass das Spielen was sein könnt, was ihm Sorgen machen könnt, hat er mir einmal g'sagt. Aber davon weiß ich nicht mehr. Was er aber war: Er war immer schick. Immer perfektes Auftreten. Und ja net durft an seinen Haaren was sein. Er hat auch immer den gleichen Haarschnitt g'habt. Den durfte man ja nicht verändern. Einmal hat er mir erzählt, dass eine Kollegin frech war zu ihm und g'sagt hat: »Du könntest dir auch mal eine andere Frisur zulegen – Strähnchen oder dies oder das.« Das kam für ihn nicht infrage. Aber was ihn nachher gestört hat: die ersten grauen Haare. Da hat er sich dann so ein kleines Mafiosi-Bärtle wachsen lassen. »Weil ich mit der Mode gehen muss«, hat er g'sagt. Den Schnurrbart hat er dabei immer g'habt. Der durfte nicht weg. Er ist ja so ein feingliedriger Mensch gewesen. Also mehr so ein Spargeltarzan. Der hat auch nie zugenommen.

Von seiner Frau habe ich nie viel g'hört; also seine Freundin mein ich, die waren ja nicht verheiratet. Hab ich aber auch nie g'fragt. Wir haben eigentlich über seine Freundin nie viel geredet. Ich kenne sie persönlich gar nicht. Ich habe sie noch nie gesehen. Er hat von ihr erzählt, die waren eigentlich immer zusammen, seit ich ihn kenn. Und ich hab zu ihm schon oft gesagt: Du kannst zuerst die Silberhochzeit feiern, bevor du die Grüne feierst. Heiraten war für ihn kein Thema, weil er g'sagt hat: Was bringt's? Und Kinder haben wir noch nicht, und nur wegen dem Namen ...? Und wenn er heiratet, dann gibt es sowieso ein riesengroßes Fest durch seine Musikkapelle. Und da hätt er jetzt gar keine Zeit. Über Kinder hat er gar nix gesprochen. Es hat ihn auch nicht so interessiert, wenn andere über ihre Kinder gesprochen haben, glaub ich.

Seine Wohnung ist ein Traum. Über 100 Quadratmeter. Also durchaus in der Größe für eine Familie.

Ein bisschen hektisch war er schon immer. Im Nachhinein denk ich, dass er alles unter Dach und Fach 'bracht hat, was er wollte. Ich schätze, er hat ein Doppelleben geführt. Aber wie das ausgesehen haben könnte, das weiß ich natürlich nicht. Es ist ja auch komisch, dass bei *Aktenzeichen XY* nichts davon gekommen ist. Was ich jetzt da noch so weiß, das ist eben jetzt das Komische. Dass das nicht gesagt worden ist. In *XY*, wo man ihn gesucht hat. Aber da muss ich stoppen, da kann ich jetzt nix sagen. Ich weiß zu viel.

## Prot.: Alma Antonia Engler REDAKTIONSLEITERIN*

Für uns bei *Aktenzeichen XY* kommt ein Vermisstenfall immer dann in Frage, wenn die Polizei ein Verbrechen nicht ausschließen kann. Solange man die Leiche nicht hat, weiß keiner, was wirklich passiert ist. Dabei gibt es viele Vermisstenfälle ohne jede Spur. Da gibt es einfach nur die Tatsache: Ein erwachsener Mensch ist aus seinem Umfeld verschwunden. Das macht es wahnsinnig schwierig, weil zunächst ja mal jeder das Recht hat hinzugehen, wohin er will. Im Fall Stiller ist die Situation aus kriminalistischer Sicht ein bisschen günstiger, weil es verschiedene Spuren gibt – die Sache mit dem Fahrrad beispielsweise. Das war ja zumindest ein Punkt, an dem man ansetzen konnte zu fragen, zu überlegen – was ist da wohl gewesen? Das mit dem Fahrrad war eine Ungereimheit. Das macht die Sache für uns interessanter, weil wir die Zuschauer konkret etwas fragen können. Diese Beobachtung mit dem auf dem Fahrrad wegfahrenden Mann lässt sich verifizieren. Auch wer der Letzte war, mit dem er diesen Termin hatte und so. Das sind alles Ansatzpunkte. Da kann man den Zuschauern sagen: Wenn Sie was wissen, wenn Sie Kontakt mit ihm hatten, dann melden Sie sich bitte. Insofern gibt es im Fall Stiller ein paar konkretere Dinge als wie bei manch anderem Fall. Gleichwohl läuft bisher wohl alles ins Leere. Es hat sich scheinbar nichts ergeben.

---

* ZDF, *Aktenzeichen XY … ungelöst*

Vermisstenfälle gibt es viele, es gibt auch immer viele Anfragen, vor allem von privater Seite, die wollen natürlich alles getan haben und getan wissen, was vielleicht doch noch zur Aufklärung ihres Vermisstenfalls beitragen könnte. Deswegen kommen die Familienangehörigen oft zu uns und sagen: Wieso wird der nicht bei *Aktenzeichen* ausgestrahlt? Aber man muss natürlich auch die Statistik bei Vermisstenfällen sehen: Viele sind freiwillig verschwunden und tauchen innerhalb des ersten Jahres wieder auf, viele bringen sich selbst um. Und dann bleibt ein kleiner Rest – und die sind Opfer eines Verbrechens geworden. Und nur die können uns interessieren, wir sind ja nun eine Verbrechenssendung.

Das Fahrrad war eine Spur, an der man ansetzen konnte. Weil – das ist ja so ein bisschen ungereimt gewesen: War er das überhaupt mit dem Fahrrad? Woher hatte er das Fahrrad? Keiner wusste was davon – ist hier sozusagen ein Hinweis auf eine Art Doppelleben? Oder hat das gar nichts damit zu tun? Das sind eben auch konkrete Fragen, die man stellen kann.

Wenn ich mich richtig erinnere – und bisher habe ich ja auch keine andere Meldung bekommen von der Kripo Seligenfels –, ist der Fall nach wie vor offen und ungeklärt, also hat keine dieser Spuren zu Herrn Stiller geführt.

Oh ja, wir haben eine ganze Menge Reaktionen auf die Sendung bekommen – ganze 27 Hinweise waren das. Das klingt wenig, ist aber tatsächlich viel. Es war der Fall mit den meisten Hinweisen in dieser Sendung. Vermisstenfälle sind, das dürfen Sie jetzt nicht zynisch verstehen, für die Zuschauer besonders attraktiv. Denen geht es wie uns selber ja auch: Wenn man davon hört, fängt man sofort an zu spekulieren. Man fängt sofort an zu überlegen: Wie könnt's gewesen sein? Wo steckt die Wahrheit? Und das ist natürlich ein besonderer Anreiz. Die Leute gehen auch sehr stark emotional mit bei so einer Geschichte und sind dann natürlich auch entsprechend motiviert, einen Hinweis zu geben, wenn sie denn irgendetwas wissen.

Es gibt selbstverständlich keine Informationen, die die Fahndung weiterbringen könnten, und die wir dem Zuschauer vorenthalten. Das macht ja keinen Sinn. Es ist aber so, dass es manchmal Informationen gibt, Kenntnisse der Kripo, die diese nicht an die Öffentlichkeit geben will, um die Fahndung nicht zu behindern. Aber alles, was der Polizei bekannt ist und die Ermittlungen vorantreibt, finden Sie bei uns in den Beiträgen.

Die Kripo sagt uns alles, was wir wissen müssen. Wir sind Partner der Kripo. Wir sind ja anders als eine Zeitung. Wir graben nicht die Polizei an. Wir bringen so einen Fall nicht gegen ihren Willen in die Sendung und müssen nicht gegen ihren Widerstand Informationen suchen – so wie es jetzt die *Bild*-Zeitung meinetwegen macht. Bei uns läuft es anders: Wir stellen unser Medium der Polizei zur Verfügung, um die Aufklärung voranzutreiben. Keinen anderen Zweck erfüllt das Ganze. Wir ziehen an einem Strang. Zwischen uns und der Polizei gibt es eine größtmögliche Offenheit.

Wie die Fälle in unsere Sendung kommen? Das ist so, dass von der Grundidee her die Polizei auf uns zukommt und fragt, ob wir helfen können. In der Praxis ist es natürlich auch so, dass die nicht immer dann uns anfragen, wenn wir das bräuchten. Wir sind ja Produktionszwängen unterworfen, wir müssen zu einem bestimmten Zeitpunkt bestimmte Filme drehen, das können wir nicht irgendwann machen. Sodass wir natürlich ab und zu auch, wenn wir in der Zeitung oder im Internet von einem bestimmten Fall lesen, von uns aus den Impuls geben und die Polizei fragen: »Wir haben nach der Lektüre den Eindruck, dass das ein geeigneter Fall sein könnte, wie bewerten Sie das?« Und dann findet normalerweise ein Gespräch zwischen den Sachbearbeitern und der Staatsanwaltschaft statt, die sich dann gemeinsam überlegen: »Hilft uns das?« Und wenn ja, dann nehmen wir den Fall auf.

Bei *XY* geht die Initiative immer von der Polizei aus. Wir nehmen keine Fälle auf, die an uns von privater Seite herangetragen werden. Wir unterstützen die Polizeiarbeit. Wir sind auf Polizeiseite. Bei privaten Anfragen verweisen wir immer an den polizeilichen Sachbearbeiter. Gerade bei Vermisstenfällen kommen oft auch die Familien auf uns zu – das war im Fall Augustin Stiller allerdings nicht so. Und wir sagen den Familienangehörigen, sie mögen das doch mit dem Sachbearbeiter besprechen – es ist in seinem Ermessen, ob er die

Fahndung über unsere Sendung als hilfreiche Maßnahme erachtet. Nur er kann's beurteilen letztendlich. Wenn er sagt, das bringt momentan gar nichts, wenn man das einem Millionenpublikum vorstellt, dann machen wir das auch nicht. Das erfüllt keinen Selbstzweck.

*Ackermann meint, es sei nun der Zeitpunkt gekommen, an dem ich mit Stillers Familie Kontakt aufnehmen müsse. Ich sei nun auch reif, meint er. Irgendetwas sträubt sich in mir, Stillers Bruder anzurufen. In der Nacht vor dem Telefonat schlafe ich schlecht. In meinem Kopf kreisen wilde Gedanken: Was, wenn die Familie hinter Stillers Verschwinden steckt? Ein Großteil der begangenen Tötungsdelikte hat seine Wurzel im direkten häuslichen Umfeld des Opfers. Werde ich morgen mit einem Mörder telefonieren? Es gibt kein Familienmitglied, das näher an dem Parkplatz wohnt, an dem Augustin Stiller zuletzt gesehen wurde, als Stillers Bruder. War Armin Stiller der Mann mit dem Fahrrad? Oder war es Stiller selbst? Wie wahrscheinlich ist es, dass ein professioneller Mörder mit einem Fahrrad flüchtet? Ich denke, wir müssen von einem professionellen Mörder ausgehen, wenn wir die Perfektion des Spurenverwischens betrachten. Könnte es so abgelaufen sein: Stiller trifft sich mit seinem Mörder in der Nähe von Schellingen oder Seligenfels und wird umgebracht. Der Mörder versteckt Stillers Leiche und fährt mit Stillers Auto, in dem er ein Mountainbike transportiert, zum Parkplatz am Alpenfriedhof. Er lässt alles im Wagen liegen und flüchtet mit dem Mountainbike? Könnte es so abgelaufen sein?*

## Prot.: Armin Stiller [BRUDER]

Nein, wir wollen nicht, dass Sie sich der Sache annehmen. Nein. Weder als Anwalt noch als Journalist. Wir versuchen, auch wenn das nicht möglich ist, die Sache zu verdrängen. Sie glauben gar nicht, was hier für Gerüchte umgehen. Da ist es mir lieber, wenn mich jemand direkt danach fragt. Deswegen dürfen Sie mich jetzt auch anrufen. Das ist mir lieber. Aber da gibt es Leute, die erzählen irgendetwas an den Haaren Herbeigezogenes. Das ist unvorstellbar. Oder es rufen Leute an, die sagen, sie wüssten, wo mein Bruder ist, aber das koste was. Oder andere rufen an und sagen, sie hätten eine Leiche gefunden. Ich weiß nicht, was ich glauben soll. Ich will aber auch nicht mehr darüber nachdenken. Die Sache ist schlimm genug für uns. Außerdem hat sowieso jede Variante irgendeinen Haken. Man spielt alles immer wieder durch, denkt nach, aber irgendwo ist immer etwas, was nicht passt.

Sogar *Spiegel TV* hat schon angefragt und wollte über den Fall berichten. Bitte rufen Sie uns nicht mehr an.

**Prot.: Alma Antonia Engler** REDAKTIONSLEITERIN*

Ich habe keine Ahnung, was mit Herrn Stiller passiert ist. Ich kann da gar nicht spekulieren. Ich weiß es wirklich nicht. Es gibt nur zwei Möglichkeiten: dass er sich selbst abgesetzt hat ... das mit dem Verbrechen ... ich weiß es nicht ... Aber lassen wir das – das hat nicht Hand und Fuß, was ich jetzt sage. Man muss es abwarten, man kann immer nur hoffen für die Angehörigen, dass es irgendwann doch noch eine Aufklärung gibt. Dass sie irgendwann Gewissheit haben, was passiert ist. Ob er lebt oder nicht. Denn das ist ja immer das Belastende an den Vermisstensachen: die Ungewissheit für die Angehörigen. Das kann ich denen nur wünschen. Aber wie's nun gelaufen ist – ich weiß es nicht.

Von Gerüchten, Herr Stiller sei in einer Sekte oder im Rotlichtmilieu verschwunden, habe ich noch nie etwas gehört. Aber wir recherchieren ja auch nur bei der Polizei. Wir recherchieren nicht auf eigene Faust irgendwo, bei Angehörigen oder sonst was. Wir verlassen uns und beschränken uns auf die Erkenntnisse der Polizei. In diesem Zusammenhang sind diese Gerüchte mir nicht zu Ohren gekommen.

Ja, es könnte durchaus sein, dass die Polizei von solchen Gerüchten wie Sekte oder Rotlichtmilieu wusste, dass es da sogar Hinweise in diese Milieus gibt, aber dass die Polizei der

* ZDF, *Aktenzeichen XY ... ungelöst*

Ansicht war, dass das für die Aufklärung des Falls nicht von Bedeutung ist und dass uns deswegen davon auch gar nichts erzählt wurde. Wenn die Polizei das dementsprechend wertet und sagt: »Da geben wir nichts drauf, das ist zu vage«, dann kann es sein, dass sie uns das nicht gesagt hat.

Die dauernde Beschäftigung mit Verbrechen ist einerseits für mich Alltag, es ist Arbeit. Aber selbstverständlich gibt es eine Menge Fälle, die man nicht vergisst und von denen man auch Details mit sich herumträgt. Es gibt bestimmte Örtlichkeiten, die sind bei mir wirklich eindeutig geprägt durch viele Verbrechen, mit denen wir zu tun hatten. Zum Beispiel Toiletten an der Autobahn – da erinnere ich mich an Fälle, an viele Verbrechen, über die wir berichtet haben, die sich in dem Umfeld abgespielt haben. Die kann ich also nicht mehr so gut neutral betrachten.

**Prot.: Karin Waginger** SCHWESTER

Für unsern Vater ist es am schlimmsten. Der leidet einfach. Und kann sich's nicht erklären. Er lebt in der ständigen Hoffnung und hat halt keine Gewissheit. Das ist ja auch das Problem von Augustins Freundin. Der ihr Leben soll sich wieder normalisieren, aber die hat ja auch keinen richtigen Abschluss gefunden. Dabei ist sie ja wirklich ein liebes Mädel. An der ist gar nichts Schlechtes. Nein, Kinder haben sie keine. Und verheiratet sind sie auch nicht. Aber es gibt ja auch noch andere, die zehn Jahre oder was zusammen sind und doch nicht heiraten. Ich glaube, das ist auch eine Modeerscheinung. Wir sind in einer Zeit groß geworden, als es so üblich war, dass man lange mit jemandem zusammen war, ehe man sich fest bindet. Aber die Tendenz geht ja jetzt bei den Jüngeren wieder dazu, dass man sich schneller und früher liiert. Viele 68er, von denen freier Sex propagiert worden ist – und dass man sich nicht so früh binden soll –, haben jetzt Kinder; und die Kinder von denen sagen: »Ja, damit können wir überhaupt nichts anfangen.« Die fordern dann wieder Treue ein. Das ist doch einfach nur die Sache, dass man nicht so sein will wie seine Eltern. Und vielleicht spielt das in dieser Thematik auch eine Rolle und hat weniger mit dem Augustin persönlich zu tun.

*Wieder einer dieser Punkte, die mich mit ihm verbinden: Stiller hat lange mit einer Frau zusammengelebt und sie doch nicht geheiratet. Ich werde für dieses Zusammenleben ohne Trauschein mit meiner Lebensgefährtin von vielen Menschen mit Argwohn betrachtet. Und das nicht nur im Bergland. Es ist sonderbar, dass die Menschen es verdächtiger finden, wenn jemand unverheiratet mit einer Frau über Jahre hinweg in einer offensichtlich intakten Beziehung lebt, als wenn jemand mit einer Frau verheiratet ist, mit der er sich täglich so laut streitet, dass die Nachbarn es mitbekommen. Kann man aus Stillers Verzicht auf eine Heirat auf irgendetwas schließen?*

## Prot.: Oswald Gerwinkel BEKANNTER

Das letzte Gerücht, wo ich g'hört hab, das war halt, dass man sagt: »Der ist irgendwo im Ausland und liegt in der Sonne und lacht über die ganze G'schichte hier.« Aber das ist kein Gerücht, sondern eher eine Mutmaßung.

Andere Theorien? Dass er einem Gewaltverbrechen zum Opfer gefallen ist, diese Möglichkeit wird ziemlich niedrig eingeschätzt. Eher auf Null. Die andere Variante ist, dass er Selbstmord g'macht hat, und die dritte Variante ist, dass er verschwunden ist.

Was halt für mich nicht nachvollziehbar ist: Wenn ich Selbstmord begehen will, und ich will nicht gefunden werden, dann muss ich mir ja überlegen, aus welcher Motivation mache ich das so, dass mich keiner findet? Klar könnt er sich gedacht haben, »okay, ich hab keinen Bock mehr und tu mich jetzt weg« – aus welchen Gründen auch immer –, »aber die mir Nahestehendsten, denen möchte ich auch noch einen reindrücken.« Das wär ja jetzt mal so die *Bild*-Zeitungs-Philosophie, wo da dahinterstecken könnt. Selbstmord wäre also schon möglich. Aber er ist ja nicht g'funden worden.

Ein paar Leute glauben auch, dass er einfach verschwunden ist. Also, dass er entweder einer Sekte verfallen ist oder doch Kohle auf die Seite geschafft hat, wie auch immer. Natürlich gibt's nix, was auf eine Sekte hindeuten würd. In der Kirche war er, glaub ich, schon. Aber ich wüsst nicht mal, ob der Augustin Ministrant war. Obwohl, doch, ich glaub schon. Es könnte sein, dass er früher Ministrant war.

Was es für Sekten gibt im Bergland? Ja, mein Gott, das weiß ich doch nicht, aber so klein ist die Welt ja auch nicht. Das kann schon sein, dass er da heimlich einen Kontakt 'knüpft hat. Wenn ich nicht will, dass es jemand mitkriegt, nachher drehe ich das doch auch hin! Auch mit einer Lebensgefährtin und einer Festanstellung bei der Bank. Ja klar krieg ich das hin. Wenn ich nicht will, dass es jemand merkt, dann krieg ich das hin. Ich darf halt bloß keine Fehler machen. Nur weil er in Jochberg wohnt, dürfen wir nicht davon ausgehen, dass er blöd ist. Warum soll er's nicht schaffen? Das schaffen andere auch. Es gibt doch sicherlich im Bergland auch viele, die wo eine Geliebte haben. Da kriegen's sogar zwei Seiten nicht mit. Über Jahre hinweg. Und warum soll dann so eine einseitige Beziehung zu einer Sekte jemand mitkriegen?

Ich meine übrigens nicht, dass, wenn man davon ausgeht, dass er abg'hauen ist, dass er dann vorher Geld beiseitegeschafft haben muss. Es könnte ja auch sein, dass er sagt: »Nein, ich möchte jetzt einfach nur vogelfrei sein. Und ich fange irgendwo neu an.« Wenn irgendjemand aus seinem Land flüchtet, dann bringt er ja auch kein Startkapital mit. Papiere kann er sich ja besorgt haben. Außerdem: Ins Ausland kommt er auch ohne Papiere – und wenn es sein muss, mit dem Fahrrad. Aber die Wahrscheinlichkeit, dass irgendjemand den Augustin Stiller erkennt, wenn er am helllichten Werktag mit einem Mountainbike im Anzug nach Österreich radelt, ist schon sehr groß. Und dann treten Murphys Gesetze in Kraft. Also, dass er der Mann mit dem Fahrrad ist, das kann ich mir nur schlecht vorstellen. Nur mal als Beispiel: Ich bin am Wochenende mit dem Fahrrad von Bad Breitenwies aus die ganz normale Seeberg-Tour g'fahren und da hab ich, obwohl das teilweise ganz schön abgelegen ist, schon zwei Leute 'troffen, mit denen ich nie gerechnet hätte, dass ich die da treffe. Allein schon daraus kann man sehen: Es wird dir immer passieren. Und dass sich der Augustin so gut auskennt, dass er jeden letzten Winkel weiß ... Vielleicht hat er sich's auf der Karte rausg'sucht, ja es gibt schon die Mittel und Wege, um da wegzukommen. Weil, wenn du vom Alpenfriedhof die 300 Meter schaffst bis zur Kreuzung, wo's nach Furth runtergeht, dann gibt's Mittel und Wege, dass du unerkannt nach Österreich fährst. Da ist es auch wurst, dass er nie Rad g'fahren ist. Da musst nur die Wege kennen. Du kannst sie abgelaufen sein. Und wenn du's dann drauf anlegst, mit einer Perücke, Helm vielleicht noch, Brille, dann kennt dich doch keiner.

Ein Rotlichtmilieu-Gerücht hat's auch mal 'geben. Da meinten viele im Dorf: »Unvorstellbar!« – aber wieso net? Ach, das ist doch jetzt nicht so das Riesenthema, oder? Ich glaube, da ging's ums Rotlichtmilieu in Rissingen. Aber warum soll er denn da nicht hing'fahren sein? Es gibt doch so viele, wo da mal hinfahren und sich das mal anschauen. Und wie engen oder regen Kontakt er mit den Leuten hat, kann ich nicht beurteilen. Aber stimmt, ich glaub, da hat's schon mal ein Gerücht 'geben. Das hat sich aber nicht näher konkretisiert. Genauso wenig wie das mit dem Schwulsein. Also mal ganz ehrlich – was schwul bedeutet –, wie will man in jemanden hineinschauen? Und wie will das in Dorfen jemand beurteilen? In Dorfen ist es so, dass einer der bekanntesten Ladenbesitzer inzwischen mit einem ortsansässigen Kneipier zusammen ist. Und das ist eine schwule Beziehung. Wen soll das noch großartig überraschen und wer will das jemals noch bei irgendwem ausschließen? Schnauzbartträger sind immer verdächtig. Trotzdem, ich kann's mir jetzt nicht vorstellen, aber ich möchte es auch nicht ausschließen. Ich halte bei fast allen Leuten nix für ausgeschlossen. Ich verdächtige sie deshalb nicht, aber ausschließen kann man's auch nicht. Ich hab bei ihm einfach noch nie irgendetwas in dieser Richtung wahrgenommen.

*Viele Vermisstenfälle endeten in einem Teufelskreis, erläuterte Ackermann mir bei unserem letzten Treffen. Es gebe Fälle, in denen sich ein Mensch verrannt oder so tief in Schuld verstrickt habe, dass er keinen Ausweg mehr sehe. Habe der Betreffende Bekanntschaft mit Rauschgift gemacht und sei süchtig geworden, dann könne ein zweiter Teufelskreis einsetzen: die Beschaffungskriminalität mit Einbruch, Raub oder Prostitution. Außerdem hat Ackermann mir ein Buch mitgebracht – die »Polizeiliche Bearbeitung von Vermisstenfällen« von dem Leitenden Kriminaldirektor a. D. Clages und dem Kriminaloberrat a. D. Schlieper. – Ich solle mal, schlägt Ackermann vor, die in diesem Leitfaden genannten Kriterien für die Einordnung und Beurteilung von Vermisstenfällen durchsehen und mit Stillers Verschwinden abgleichen. Ackermann hat auf Seite 28 einen Einmerker hinterlassen. Ich lese:*

2.3.2 Standardversionen für Vermisstenfälle

Für Vermisstenfälle lassen sich grob folgende Standardversionen definieren:

1. Die vermisste Person hat ihren gewohnten Lebenskreis aus eigenem Entschluß freiwillig verlassen und hält ihren Aufenthaltsort verborgen.
2. Es liegt Freitodabsicht vor.
3. Die vermisste Person ist Opfer eines Unfalls geworden oder es liegt ein natürlicher Tod vor.
4. Die vermisste Person befindet sich in hilfloser Lage.

5. Als Ursache des Vermisstseins sind Ausreißen, Streunen oder Vagabundieren anzunehmen.
6. Die vermisste Person ist Opfer einer Straftat geworden.

### 2.3.3 Kriterien für die Einordnung und Beurteilung von Vermisstenfällen nach Standardversionen

Standardversion 1: Freiwilliges Verlassen des gewohnten Lebenskreises und Verbergen bzw. Verschweigen des Aufenthaltsortes gegenüber Dritten. Hinweise, die für ein freiwilliges Verlassen des gewohnten Lebenskreises sprechen:

- Konfliktsituationen im privaten Bereich mit Wunsch nach Trennung vom Partner oder Veränderung der Lebensumstände,
- wiederholt geäußerte Trennungswünsche,
- Furcht vor Strafe oder vor unangenehmen Konsequenzen,
- Flucht aus der Verantwortung,
- Fehlen persönlicher Gegenstände, Ausweispapiere, Bargeld pp. oder Bekleidung des Vermissten aus dem häuslichen Bereich,
- erkennbare Vorbereitungshandlungen für das Verlassen des Lebensbereichs einschließlich persönlicher Verfügungen, Kontobewegungen auf Bankkonten usw.,
- Fehlen konkreter Anhaltspunkte für das Vorliegen einer

Gefahr für Leib oder Leben des Vermissten als Vermisstenursache.

Standardversion 2: Freitodabsicht
Hinweise, die die Annahme von Freitodabsicht begründen:

- Aufzeichnungen, in denen der Vermisste erkennbar Freitodabsicht äußert, z. B. Abschiedsbrief, Tonband- oder Videoaufzeichnungen,
- allgemeine Äußerungen gegenüber Dritten, über die Absicht, aus dem Leben scheiden zu wollen,
- psychische Erkrankungen, vor allem Depressionen,
- Vorliegen gravierender Konfliktsituationen oder plötzlicher Schicksalsschläge, die nach kriminalistischen Erfahrungen häufig Freitodabsichten des Betroffenen auslösen,
- Vorliegen unheilbarer oder subjektiv als unheilbar empfundener Krankheiten,
- Feststellungen aus der Besichtigung von Objekten oder Räumlichkeiten aus dem Wohn-, Arbeits- oder Freizeitbereich des Vermissten, die auf die Möglichkeit des Freitodes deuten.

*Die Ausführungen zu den Standardversionen 3, 4 und 5 überspringe ich und stelle fest, dass die Ausführungen zu Standardversion 6 – Opfer einer Straftat – ein eigenes Kapitel beanspruchen. Besonders interessant erscheint mir hier die Aufzählung der verbrechenstypischen Verdachtsindizien:*

Verbrechenstypische Spuren

- Blutspuren und Hinweise auf Versuche ihrer Beseitigung,
- Kampfspuren, z. B. Unordnung oder umgestürzte Gegenstände in Räumlichkeiten, Ein- und Abdruckspuren im Erdreich usw.,
- Schleifspuren,
- Gegenstände, die als Hieb- oder Stichwaffen geeignet sind,
- fingierter Abschiedsbrief,
- sich widersprechende Situationsspuren.

Verbrechenstypische Umstände

- Anzeichen für gewaltsames Eindringen in Räumlichkeiten,
- allgemeine Unordnung oder durchsuchte Behältnisse in der Wohnung,
- fehlende Wertgegenstände, Geld, Wertpapiere usw.,
- vollständig vorhandene Bekleidung,
- fehlende Bekleidung, die im Widerspruch zu den aktuellen Witterungsbedingungen steht,
- Bekleidung, mitgeführte Gegenstände und persönliche

Dokumente, die nicht dem Zweck entsprechen, welcher für das Verlassen des Lebensbereiches angegeben worden ist,
- Auffinden von Bekleidungsstücken oder mitgeführten Gegenständen in der Umgebung des Abgangsortes oder der Bewegungsrichtung des Vermissten.

*Nach der Lektüre des Leitfadens bin ich ratloser denn je zuvor. Für keine der vom Leitfaden genannten Standardversionen bietet Stillers Verschwinden ausreichend Anhaltspunkte. Es gibt keine Kampfspuren, die eingesetzten Spürhunde konnten nicht einmal eine Geruchsspur verfolgen. Es fehlten keine Gegenstände, kein Geld und keine Wertpapiere. Stiller hat nie eine Freitodabsicht geäußert. Es sind keine Konflikte aus dem privaten oder beruflichen Bereich bekannt. Kann sich Stiller in Luft aufgelöst haben? Hütete Stiller ein Geheimnis? Und kostete ihn dieses Geheimnis das Leben? Nun ist er bald eineinhalb Jahre verschollen. Bei den heutigen Fahndungsmethoden hätte er längst irgendwo auffallen müssen, wenn er noch am Leben wäre. In meinem tiefsten Innersten verstärkt sich eine schreckliche Vermutung: Der Fall Augustin Stiller ist ein Mordfall.*

## Prot.: Manfred Ewaldinger KRIMINALHAUPTKOMMISSAR*

Nein, mir hängen die Fälle selten gefühlsmäßig nach. Ich bin meist in der glücklichen Lage, dass ich die Person, die getötet wurde oder – wie in diesem Fall – verschwunden ist, nicht persönlich kenne. Daher habe ich kein Problem damit, den Fall rein sachlich zu betrachten. Ich denke, das sehen die meisten meiner Kollegen genauso. Natürlich lässt es sich nicht immer vermeiden, dass man eine gewisse Anspannung, die intensive Ermittlungsarbeit mit sich bringt, mit in die Freizeit und damit mit in die Familie nimmt. Der Fall Augustin Stiller allerdings wird mir bis in die Pension nachgehen. Durch den Fahndungsaufruf in der Fernsehsendung *Aktenzeichen XY*, in der wir ja auch nach dem ominösen Geschäftstermin im Seerestaurant fragten, habe ich noch den letzten Hauser in der Pampa gefunden. Da sind Hinweise gekommen – ich musste weiß Gott wo hinfahren. Alles Hauser, Hauser, aber das sagt gar nichts.

Im Bergland – das ist aber meine ganz persönliche Einschätzung – ist die Welt im Großen und Ganzen in jeder Beziehung in Ordnung. Die Menschen begegnen Fremden bzw. Fremdem mit einem gesunden Misstrauen, haben aber absolut keinen Grund, übertrieben ängstlich zu sein oder gar irgendwelche Räume bewusst zu meiden.

* Leiter der Ermittlungen

**Prot.: Oswald Gerwinkel** BEKANNTER

Wenn wirklich jemand abhaut und kein Geld mitnimmt und keines unterschlagen hat, dann kann's doch eigentlich nur eine Sekte sein. Aber ganz ehrlich: Ich bin nicht so der große Freund der Spekulation. Ich hoffe einfach, dass er irgendwo ist, und dann soll's gut sein. Ich will nicht, dass er sich um'bracht hat, und ein Kapitalverbrechen sowieso nicht. Ich würde für ihn hoffen, dass er sein persönliches Glück g'funden hat. Das muss er mit sich selber ausmachen eigentlich.

Ich kann mir vorstellen, dass er abg'haut ist. Warum soll er sich denn um'bracht haben? Mord wäre eine Alternative, aber vielleicht hofft man das einfach nicht, wünscht sich das nicht. Und wenn ich keinen Anhaltspunkt für das eine noch für das andere hab, dann denk ich mir einfach: Hoffe ich für ihn das Beste, dass er seinen Weg gegangen ist und dass er zufrieden ist und dass es passt. Vielleicht kommt er ja irgendwann mal zurück. Das kann ja auch sein.

Dass er alle im Stich lässt, obwohl er eigentlich zuverlässig ist, ja mei ..., weißt du, die Musikkapelle ist nicht von ihm abhängig. Weder von dem Instrument, wo er spielt, noch von dem her, dass er die Kasse führt. Was eine Motivation sein kann, dass er seine Frau verlässt, weiß ich nicht. Aber Frauen verlassen andere auch. Das ist für mich auch kein Argument, dass man sagt: »Er hat seine Frau im Stich g'lassen.« Da sind schon ganz andere durch'brannt, wo Frau und Kind im Stich g'lassen haben. Das halte ich jetzt nicht für stichhaltig. Was ich persönlich am verwerflichsten an der ganzen Sache find, ist, wenn's jetzt kein Mord war, dass er seine Familie im Unklaren darüber g'lassen hat, was mit ihm passiert ist. Aber das ist halt die Frage, ob er das für sich abgewägt hat, und ob der Gewinn, den er für sich selber hat, größer ist als der Verlust. Man kann es vielleicht nicht nachvollziehen, aber dann soll's so sein. Also seine Freundin ist für mich kein Argument. Überhaupts keins. Weder Musikkapelle noch Freundin.

Gegen ein Gewaltverbrechen sprechen die zu wenigen Indizien. Keine Leiche. Ich hab einmal mit einem von der Musikkapelle gesprochen über dieses Thema. Und der stand auch in enger Verbindung mit dem Augustin. Und der hat mir gegenüber eben geäußert, dass es ihm am liebsten wär, wenn er irgendwo auf einer Insel sitzen würd und sich's gut gehen lassen würd, weil er einfach nicht hofft, dass eine von den anderen zwei Varianten ein'troffen ist. Und der war auch wirklich mitg'nommen von der ganzen G'schichte.

Die haben sich ja oft g'sehen. Die proben glaub einmal in der Woche, im Sommer spielen sie zusätzlich noch einmal in der Woche, oder jedenfalls regelmäßig, und zu Weihnachten und zu Ostern proben sie dann mehr. Der, von dem ich jetzt spreche, der ist sehr stark mit ihm in Kontakt gestanden, und der hat auch gesagt, dass er einer seiner besten Freunde war.

In Rissingen gibt es eine lebendige Bordellszene ... Also, wenn ein Dorfener sagt, er geht in den Puff, tja, wo geht er dann hin? Die Frage ist halt schon, was heißt »in den Puff«? Wenn du zum Straßenstrich gehen willst, dann wird wahrscheinlich jeder Dorfener an Brückbach denken, weil da stehen ja die Damen zwischen Brückbach und Seligenfels am Grenzübergang. Das ist ganz normal. Aber wenn man ..., ich war ja selber überrascht ..., ich habe mich mit Rissingen nie auseinander gesetzt ... Dort ist aufgrund der Messe schon ein sehr reges Interesse dran. Und wenn du mal durch Rissingen durchfährst, dann fällt dir jetzt auf, im Gegensatz zu früher, zu der Straßenführung, da fährst du halt einfach an einem Riesen-Rotlicht-Komplex vorbei. Und automatisch durch das wirst du aufmerksam drauf. Aber dieser Komplex, der so rotlichtmäßig erleuchtet ist, dem geht's wohl nicht so gut und der ist vor allem ein Striplokal. Aber wenn du mal abends durch Rissingen fährst, dann siehst du in einigen Häusern rote Laternen. Und rote Laternen sind halt da das Zeichen für einen Puff. Und das ist mir als Einheimischer erst gar nicht aufg'fallen. Aber von dem her sage ich mal: Je nachdem, in welchen Kreisen du bist, in Rissingen, da geht schon was. Das ist so ein kleines Sündenbabel. Und das ist jetzt nicht so weit von Jochberg weg, wenn du dich für die Materie interessierst. Das sind vielleicht 30 Kilometer. Aber mit der neuen Umgehungsstraße, wenn du nicht mehr über die Dörfer tuckeln musst, sind das vielleicht aus Jochberg 20 Minuten. 30 maximal. Vor allem abends.

Wo dieses Gerücht herkommt, kann ich nicht sagen. Vielleicht ist es durch die Fahndung hochgekommen? Die Polizei wird ja wohl seine Kreditkartenabrechnungen gecheckt haben.

Wenn du einen Junggesellenabschied irgendwo mal vernünftig feiern möchtest, dann kann das auch mal ein Striplokal sein. Dafür reicht dann Seligenfels, da gibt's eins. Oder du fährst ein bisschen weiter, dann fährst halt nach Rissingen. Es kann schon sein, dass der Augustin mal bei so einem Junggesellenabschied dabei gewesen ist. Von einem, der halt wirklich was Ausgefallenes machen wollt und wirklich verdammt cool sein möcht – ja warum soll der sich dann nicht so was einbilden? Vielleicht auch, wenn man ein bisschen verklemmt ist und das normalerweise nie machen würd. Aber in der Gruppe, zu so einem Anlass, da sagt er sich vielleicht: »Da kann ich endlich mal das erleben, was ich schon immer mal erleben wollt.« Und dann redest du mal mit jemand, wo aus der Großstadt kommt, der erzählt dir dann: »Das ist doch ›state of the art‹, gar nix Besonderes.« Aber man weiß ja nie, was da den Einzelnen reitet. Ausschließen würde ich das nicht.

In Dorfen stellt sich doch die Frage, ob man überhaupt in den Puff gehen muss. Also ich hab da schon mal meine Erfahrungen g'macht, da köchelt halt einfach ..., über viele Sachen wird einfach der Mantel des Schweigens aus'breitet. Aber ich glaub, dass da viele Sachen vorstellbar sind, was auch passieren, die jetzt nicht jeder mitkriegt. Ich hab da einfach mal ein Erlebnis g'habt. Die berüchtigtsten Partys, wo es in Dorfen gibt, die finden eigentlich statt bei jemandem, der wo in der Musikkapelle ist. Berüchtigt, weil die da saufen wie die Sau. Aber was da wirklich abgeht, das wissen nur Insider. Also das eine ist ja, wenn du irgendwohin gehst und da ist wer randbesoffen, und das, sagen wir mal am Samstagmittag. Dann behauptet der irgendwas, wo er gewesen sein will. Aber was da wirklich passiert ist, keine Ahnung. Aber wenn da mal anständig Alkohol konsumiert wird – also wahrscheinlich nur Alkohol, weil's einfach die Leut dazu sind –, da ist dann auch mal ein Fehltritt drin. Wenn alle besoffen sind, warum sollen die dann nicht auch irgendwohin fahren und sagen: »So, jetzt lass es mal jucken, Kumpel?« Die Mentalität, dass die dann wirklich sagen, »okay, wir waren jetzt im Puff«, die ist nicht sehr ausgeprägt. Die werden halt irgendwas erzählen, das vertuschen. Aber wenn du einen Junggesellenabschied wirklich reizvoll machen willst, wenn du von jemandem ausgehst, der wo noch nicht so viele Frauen g'habt hat oder so, dann gehst da hin. Und ich kenn schon ein paar Leut, wo letztes Jahr im Sommer zum Beispiel mal die Erfahrung g'macht haben, du glaubst gar nicht, wie verklemmt die sind und was für eine eingeschränkte Sichtweise die haben, das ist halt auch das Bergland. Oder halt Landbevölkerung ganz allgemein.

*Die Gespräche mit Oswald Gerwinkel sind ergiebig. Dennoch muss ich, das hat Ackermann mir besonders eingeschärft, alles kritisch überprüfen. Die kriminalistische Erfahrung zeige, dass von Vernehmungspersonen teilweise bewusst oder unbewusst unrichtige oder unvollständige Aussagen gemacht oder bestimmte Informationen zurückgehalten werden. Das, was Gerwinkel mir über Rissingen als Bordellstadt erzählte, deckt sich aber mit meinen Überprüfungen: Rissingen verfügt über eine sehr gute Sex-Infrastruktur. Es ist die Stadt mit dem lebendigsten Rotlichtmilieu im Umkreis von 60 Kilometern. Hier kommen, wie es die Website eines der gut ein Dutzend Bordelle verspricht, sowohl »Romantiker« auf ihre Kosten – denn sie werden mit »Streicheleinheiten und erotischen Massagen von lustvollen Mädchen zärtlich verwöhnt und genießen dabei die totale Entspannung in knisternder Erotik« – als auch Abenteurer, denn sie können »extravagante Spiele wie den Spaß im Whirlpool mit einem oder zwei Mädchen, die Liebe im Spiegelzimmer oder den Ritt auf der Liebesschaukel« entdecken. Und auch, wer ein »Liebhaber bizarrer Erotik« ist, findet, so verspricht es die Homepage, »im Kellerstudio oder im Klinikum garantiert seine Meisterin.« Ist es denkbar, dass Stiller in Rissingen eine für ihn neue Welt entdeckte? Fand er in irgendeinem Kellerstudio oder in einem Klinikum seine Meisterin? Passierte dabei ein Unfall? Stiller konnte sich seine Arbeitszeit weitestgehend frei einteilen. Theoretisch hätte er die Möglichkeit gehabt, auch tagsüber nach Rissingen zu fahren. Es gibt keinen Wochentag und keine Uhrzeit, zu der nicht irgendein Bordell in Rissingen seine Dienste anbietet. Aber passt dies zu unserem Bild von Augustin Stiller?*

*Und: Mit welchem Geld sollte er denn die Bordellausflüge bezahlt haben? Oder hält die Polizei bewusst Informationen zurück, die mit dem Rotlicht-Komplex verknüpft sind?*

**Prot.: Gitta Häusler** EINE FREUNDIN

Soweit ich weiß, hat in der Bank überhaupt kein Pfennig gefehlt. Alles war tipptopp. Augustin ist ein Korrekter. Nicht so wie manche, die, wenn sie sich absetzen, Gelder abziehen. Eine Freundin hat mir g'sagt, dass gleich große Revision g'wesen ist und dass überhaupt nix fehlt.

Vielleicht hat er sich g'sagt: »Das war die erste Hälfte des Lebens, die zweite schaut anders aus.« Über Selbstmord hat man auch diskutiert im Dorf. Gerüchte besagen, dass seine Frau g'sagt hat, dass er schon hat können depressiv sein. In so einer Phase habe ich den Augustin noch nie kennengelernt. Er war ja immer gut drauf. Vielleicht hat er da was überspielt. Dass sich der Gustl umbringt, das kann ich mir nicht vorstellen, weil das will ich einfach nicht glauben. Entweder war's ein Verbrechen oder abgesetzt. An Selbstmord denke ich nicht, das glaube ich nicht. Weil das sind Feiglinge und das war er nicht. Also an das will ich gar nicht ... Manche haben auch ein Gerücht g'hört, dass er, also das mit der Homosexualität, aber selbst dann bringe ich mich nicht um. Dann ziehe ich halt um. Vor allem, wenn ich ein erfolgreicher Anlageberater bei einer Bank bin, dann finde ich doch überall eine Arbeit.

Aber eins ist vielleicht noch wichtig: Der Augustin hat jedes Jahr eine Reise gemacht. Und den Augustin hat es immer in solche Länder gezogen wie Mexiko, die Dominikanische, das war sein einziger Luxus, wo er sich geleistet hat, drei Wochen, irgendwo so eine Reise. Oder er wollte damals Ägypten, aber das war, glaub ich, zu gefährlich. Dubai war er auch und dann hat er nur Mallorca oder Teneriffa gemacht als Alternative. Da war irgendwo Krieg und dann konnte er das nicht machen. Es hat ihn immer in die Richtung zogen. Also ich mein halt nicht bloß auf Italien runter, oder Spanien, sondern richtig weit weg.Thailand war er noch nicht. Das ist komisch.

Mir hat er g'sagt, dass er da Land und Leute kennenlernen will. Aber er ist ja immer mit seiner Lebensgefährtin da hin'gangen. Die war auf den Reisen immer dabei. Und was noch komisch ist: Er hat eine total andere Lebensgefährtin gehabt, als auf was für Frauen er gestanden ist. Er ist auf dunklen Teint und dunkle Haare gestanden. Seine Lebensgefährtin aber ist hellblond. Oft hat er g'schwärmt über die oder jene Dunkle, die wo er g'sehn hat: »Wow, rassig!« Oder Lack und Leder hat ihm auch g'fallen. Halt zum Beispiel, wenn wir wieder ein Festle oder so was g'habt haben, und eine hat halt einen Lederrock oder was ang'habt, dann hat er g'sagt: »Woah, das ist heiß, Lack und Leder, oder?«

Das Gerücht, das umgeht im Dorf, das mit der Zuhälterei, das ist schon verrückt, wobei ...

Es gibt in Durgau einen schwulen Frisör. Bei dem bin ich auch Kundin. Einmal komme ich bei dem raus, da geht eine alte Frau rein und kommt gleich wieder raus, ganz verwirrt. Die sagt zu mir: »Ich hab einen Termin beim Frisör, aber der ist nicht da.« Sag ich: »Aber ich war doch grad bei ihm und hab mir die Haare richten lassen.« Da sagt die alte Frau: »Da drinnen steht bloß eine Frau.« Da muss ich lachen. »Das ist der Frisör«, sag ich zu der Frau. Der hat halt Frauenkleider ang'habt, das hat der oft.

**Prot.: Petra Lutz** ARBEITSKOLLEGIN

Ein paar Tage vor seinem Verschwinden hat er alle seine E-Mails gelöscht. Das weiß ich, weil er mir das selber gesagt hat: »Endlich hab ich mal alle E-Mails gelöscht, weil das sollt man ja; das sagt die EDV ja auch schon immer, dass man die löschen soll. Weil man darf ja nicht so viel da stehen haben«, hat er g'sagt. Und dann war er eines Tages weg. Merkwürdig find ich das.

Klar war erst mal Alarmstimmung in der Bank. Obwohl ihm niemand zugetraut hat, dass er Geld mitnimmt. Aber die Revision, die musste man ja machen, wenn jemand plötzlich fehlt, der in solch einer Position ist.

Er ist immer im Anzug oder im Jackett mit Hose erschienen. Aber meistens Jackett und passende Hose dazu. Meistens Kombinationen, aber Anzüge auch. Und immer eine passende Krawatte. Immer der Mode gerecht. Wenn jetzt orangene Krawatten modern waren, solche oder solche Kombinationen ... Er hat Geschmack g'habt, er hat einen Stil g'habt. Ich glaube, beim »Angermann« in Bad Breitenwies hat er immer ein'kauft.

## Prot.: Wolf Sebastian ARBEITSKOLLEGE

Wie er sich kleidete, entspricht nicht meinen Vorstellungen. Darum würde ich sagen, dass die Mode etwas an ihm vorübergíng. Also ich würde sagen, dass ich selber schon etwas darauf achte, was ich anhabe – geschäftlich und auch mit meinen Freizeitklamotten. Aber ich habe noch nie den Eindruck g'habt, dass der Stiller sich darüber Gedanken g'macht hat. Der hat halt das anzogen, was halt grad ang'sagt war. Ich glaub, dass er kein Anzugträger war, aber der hat halt dann einfach eine Stoffhose g'habt und ein Sakko. Und mir ist der nie so in Erinnerung 'blieben, dass der modisch abartig gut anzogen war, auch nicht wahnsinnig professionell. Sondern der war halt einfach ein Mitarbeiter von der Bergland Bank und dafür war die Kleidung okay. Die fällt niemandem positiv oder negativ auf.

*War Stiller nun eitel, oder war er es nicht? Kleidete er sich geschmackvoll oder war ihm sein Aussehen gleichgültig? Die Aussagen meiner Kontaktpersonen widersprechen sich. Grundsätzlich nehmen die Bergländer jegliche Äußerlichkeit aufmerksam wahr. Kleidet sich ein Mann im Bergland geckenhaft, so hat er es schwer, noch ernst genommen zu werden. Sollte Stiller tatsächlich großen Wert auf sein Äußeres gelegt haben, so ist er sicherlich häufig gehänselt worden. Ich erinnere mich an ein Erlebnis aus der eigenen Pubertät im Bergland: Ich hatte festgestellt, dass mein Schweiß plötzlich nicht mehr neutral roch, und mir deshalb ein Deo gekauft. Als ich damit das erste Mal den Schulbus bestieg, mit dem auch Stiller zur Schule fuhr, schrie einer der mitfahrenden Schüler: »Hey, wer stinkt denn hier so nach Nutten-Diesel?« Darüber, dass viele Schüler ziemlich ekelhaft nach Pubertätsschweiß stanken oder nach den Gerüchen der heimischen Landwirtschaft, gab es nie Geschrei.*

## Prot.: Helmut Ackermann

EIN FAHNDER DER KRIMINALPOLIZEI

Ich denke, Sie sind im vorliegenden Fall auf der richtigen Spur. Meine Kollegen von der zuständigen Kripo-Stelle werden in den von Ihnen schon angedachten Richtungen ermitteln. Vom Gefühl her, würde ich an einen Suizid zunächst weniger glauben – zumindest erscheint mir ein solcher kaum genügend motiviert. Dennoch kann man nicht hinter die Schädeldecke eines Menschen gucken; was weiß man denn schon vom Nächsten, inklusive seinem Partner; und wer kennt die tiefsten Geheimnisse des anderen?

**Prot.: Karin Waginger** SCHWESTER

Es kann schon sein, dass mein Bruder einen höheren Anspruch an sein Leben stellte als ein durchschnittlicher Mensch. Aber wenn dies so war, dann in dem Sinne, dass es andere nicht mitkriegen sollten. Mein Bruder trat stets bescheiden auf.

Wie das war, als er von zu Hause ausgezogen ist? Ich war da ja schon lange nicht mehr da. Ich glaube, da hat er seine Eigentumswohnung gekauft, in Jochberg damals. Die hat er selber komplett eingerichtet, da hat er alles selber gekauft. Alles nach seinem Geschmack und hat auch ein Jahr ganz allein drin gewohnt. Die Freundin durfte nicht einziehen, weil er wissen wollte, ob er allein durchkommt. Ob er in der Lage ist, alleine einen Haushalt zu führen. Er ist vom Bauernhof in Leuthang in die Eigentumswohnung gezogen. Ja, er war zu dieser Zeit mit der Frau schon zusammen, wollte aber nicht, dass sie bei ihm einzieht, sondern wollte erst sehen: Kann ich allein leben? Meine Brüder haben damals alle noch zu Hause gewohnt. Nur er und ich sind weg.

Die Musikkapelle war ihm sehr wichtig. Die ganzen Kumpels und Kameraden und überhaupt die Musik. Er hat leidenschaftlich die Trompete gespielt.

## Prot.: Oswald Gerwinkel BEKANNTER

Der Augustin war ein Ruhiger. Wie seine Brüder ja auch. Das waren keine, die maßgeblich über die Stränge geschlagen haben. Die mussten ja auch alle auf dem Hof mithelfen. Was bei denen halt dazu kam, dass sie keine Mutter hatten. Ich weiß nicht warum. Der Vater Georg musst halt schon viel leiden, dass er mit den Kindern allein war und dabei einen Hof zu führen hatte. Zu dieser Zeit war der Augustin in der Schule, der Armin und der Ludwig auch. Das ist für den Vater nicht einfach gewesen. Und nun hat ihn das Schicksal nach dieser schweren Zeit noch einmal schlimm geschlagen.

Ich glaube, dass es klar war, dass der Hannes und nicht der Augustin den Bauernhof übernimmt, weil ein Hof ja normalerweise dem großen Bruder versprochen ist und der hat ihn meines Erachtens auch.

Er war bei der Musikkapelle dabei. Sport hat er nicht großartig getrieben. Er wäre mir nicht als Ausdauersportler geläufig. Ich weiß nicht mal, ob der bei der Feuerwehr war.

Tja, von dem Saubermann-Image, wo er hat, müsste man eigentlich erwarten, dass er schon lange g'heiratet hat und Kinder hat. Wenn er so lang mit seiner Freundin zusammen ist. Aber vielleicht klappt's ja auch ganz einfach nicht mit den Kindern. Man weiß es ja nicht. Vielleicht kann sie keine kriegen, vielleicht kann er keine kriegen. Vielleicht hat trotzdem jemand insgeheim den Kinderwunsch und kann sich dann nicht richtig entscheiden ... Ich weiß es nicht, die werden schon ihre Gründe g'habt haben. Für mich hat das keine Bedeutung in seinem Verschwinden.

## Prot.: Sieglinde Gottesdiener ARBEITSKOLLEGIN

Gut erzählen kann der! Zwar muss man ihn schon immer fragen, wenn man was erfahren will, zum Beispiel über die Ausflüge mit der Musikkapelle. Ja, der ganze Abend ist da im Nu verronnen, wenn der bei dir sitzt. Das ist ein Mensch, den musst du mögen, da gibt es gar nichts anderes. Und wenn er noch so viel Kacke bauen würd. Den musst du mögen. So ein Typ ist er. Und so ein Typ, der kommt nicht noch einmal.

Oder seine Kundschaft: Die trauern buchstäblich um ihn. Oder jetzt haben wir die ganzen Fahndungsbilder aus der Bank entfernt. Jetzt haben seine Kunden gemeint, man hätte ihn irgendwie gefunden oder man weiß was von ihm. Da habe ich gesagt: »Nein, leider nicht.« – »Ach, das darf doch nicht wahr sein, das gibt's doch nicht!«, sagen die dann. Also die trauern wirklich um ihn. Da habe ich noch nie etwas Negatives gehört.

Nein, jemand, der in so einem Beruf arbeitet, kommt eigentlich nicht mit gefährlichen Menschen in Kontakt. In unserem Kundenkreis nicht. Nein. Die Beratungsgespräche finden zu Hause und in der Bank statt. Aber nicht, dass man sich jetzt irgendwo in einem Hotel oder in einer Wirtschaft oder sonst wo trifft. Das nicht. Entweder zu Hause oder in der Bank. Ja, das macht man so, wie der Kunde das wünscht. Zu dem Zeitpunkt, wenn der Kunde es will, und wenn es abends um halb zehn ist.

Ich weiß nicht, ob er Freunde hatte. Also so richtige, mein ich. Die wichtigsten waren sicher die Kumpels von der Musikkapelle für ihn.

## Prot.: Wolf Sebastian ARBEITSKOLLEGE

Das letzte Mal, wo ich ihn 'troffen hab, das war, wo er in Holzau die Bank verlassen hat, weil er da den Kollegen vertreten hat, und dann sagt er zu mir: »Wolf, wir haben ja jetzt demnächst Jahresessen, weißt ja selber, ich bin immer im Stress, aber dann hocken wir wieder mal beieinander.« Das war das Letzte, was ich mit ihm gesprochen habe. Da musst er gehen, weil er noch einen Außentermin gehabt hat. Nein, ganz fröhlich war er da – wie immer. Er hat ja immer gelacht. Da ist mir nix aufgefallen.

Sein Lebensstil entsprach schon dem, was er als Berater bei uns so verdient hat. Ich denk schon, dass er gut verdient hat. Dass er nur einen Polo gefahren hat? Ich glaub, der wollt halt nicht angeben. Natürlich war er immer ordentlich gekleidet, halt seinem Beruf entsprechend. Er kann ja nicht total ausgeflippt erscheinen. Wenn er zur Musikkapelle ist, dann war er lässig angezogen, locker.

Keine Ahnung, wo die Gerüchte mit dem Rotlichtmilieu in Rissingen herkommen. Ich hab's auch bloß g'hört und weiß bloß, dass man schon ins Bordell gehen kann hier in der Gegend. Früher sind welche nach Seligenfels, nach Brückbach oder Auslings runter. Dort gibt's Bordsteinschwalben, also einen Straßenstrich, mein ich. In Rissingen ist da wohl mehr los. Aber ich weiß das nicht. Jedenfalls nicht genau. Wirklich auffällig ist, dass überhaupt nichts auffällig ist. Außer diese

Sache wie, dass er anscheinend nie ein Fahrrad besessen hat und dass in seinem Auto Spuren von einem Fahrrad gefunden worden sind. Dass da jemand mit dem Fahrrad weggefahren ist, das kann nach meinem Verständnis auch eine falsche Wahrnehmung sein. Aber gut, vielleicht hat er das Fahrrad erst einmal aus dem Auto rausg'hoben und hebt's am Straßenrand dann wieder auf, und dann heißt's halt, er hätt's aus dem Gebüsch gehoben, keine Ahnung. Müsste man mit den Fakten abgleichen, die von *Aktenzeichen XY* oder sonstigen Polizeiberichten einfach vorhanden sind.

Viele haben ja vermutet, dass da Betrügereien in der Bank stattgefunden haben. Da war aber nix.

Die *Aktenzeichen XY*-Sendung habe ich gesehen. Ich glaub, dass der Schauspieler, der den Stiller gespielt hat, dass der den nicht richtig rüber'bracht hat. Aber da waren schon ein paar Punkte drin, wo ich mir 'dacht hab, okay, das ist eine neue Information für mich, und ein paar Gerüchte wurden zu Fakten. Es sind für die Sendung offensichtlich ein paar Informationen von der Polizei frei'geben worden. Aber dass die komplett mit offenen Karten spielen, glaube ich jetzt nicht.

Ich würde nicht sagen, dass der Stiller völlig aus der Reihe schlägt, verglichen mit anderen Bergländern, sondern es gibt insgesamt nicht viele, wo solche Aktionen starten würden. Wenn er's überhaupt gestartet hat. Und von dem her würde ich's jetzt nicht als speziell bergländisch sehen, was da passiert ist.

Was der Stiller für ein Mensch ist? Nach außen hin, glaube ich, macht er oft den Eindruck von »everybody's darling«, also jemandem, dem man nie an den Karren fahren kann, der extrem gewissenhaft ist; das ist er sicherlich auch; aber ich denke mal, dass es auch Seiten an ihm gibt, wo man schon sagen muss, da kann er ein bisschen verbohrt sein, engstirnig und verfolgt seine eigenen Interessen. Also, dass er überhaupt keine eigenen Interessen verfolgt und total aufopferungsvoll für alles ist, wie man jetzt oft hört, das glaub ich jetzt nicht. Er ist sicherlich sehr umgänglich, aber im Inneren hat der auch einen anderen Drive drauf. Der kann schon auch einfach bockig sein. Wenn's nicht nach seinen Interessen geht. Er ist nicht der, wo alles über sich geschehen lässt oder der, der kein Rückgrat hat oder so, sondern der steht schon auch selber dahinter. Der hat auch eine eigene Meinung und die vertritt er dann auch ganz ordentlich.

Ob er gewalttätig sein könnte? Also, ich würde ihn jetzt nicht als Schläger bezeichnen. Aber wenn er so genervt wird oder so provoziert wird, dass er dann einem mal eine langt, das kann ich mir schon vorstellen. So etwas ist aber ja eine normale Reaktion, wenn es mal mit einem durchgeht. Ich könnte mir schon vorstellen, dass er irgendjemandem mal eine geschmiert hat. Ich denke, das ist in jedem Menschen drin.

Auch, ob er glücklich war, kann ich nicht beurteilen. Er ist jemand, der die ganze Zeit grinst und immer nett und lustig ist. Aber das ist für mich eine Maske. Das ist nicht ernst zu nehmen. Nein, ich bin ihm nicht misstrauisch gegenüber getreten, aber ich halte ihn halt für einen ganz normalen Menschen und nicht für einen Messias, wie er zum Teil dargestellt wird – »ach, der Augustin hat die Kasse von der Musikkapelle bis zum letzten Cent gepflegt …« – das hat er ja auch sicherlich g'macht und so. Aber der hat schon auch ein eigenes Wesen, der ist jetzt nicht völlig fehlerfrei.

*Man darf Wolf Sebastians Worte nicht missverstehen: Im Bergland gilt das Faustrecht, besonders unter Kindern und Jugendlichen. Stiller hat diese harte Schule durchlaufen. Ich selbst hatte damit stets meine Probleme. Am leichtesten taten sich jene Jugendlichen, die ihren Widersachern eine, wie Sebastian es ausdrückt, »schmieren« konnten. Die Anwendung von körperlicher Gewalt verschaffte einem mehr Respekt als höfliche Umgangsformen, die von vielen ab weibisch empfunden wurden. Einen »everybody's darling« nimmt man nicht hundertprozentig ernst im Bergland. Man misstraut ihm sogar. Der Bergländer zieht denjenigen, der auch einmal eine unangenehme Wahrheit sagt, dem anderen vor, der ihm nur Honig ums Maul schmiert. Hat sich Stiller deshalb zu neuen Ufern aufgemacht? Fühlte er sich nicht ausreichend respektiert? Hat Stiller sich in verbrecherische oder sonstige Kreise begeben, weil er dort eine neue Rolle annehmen konnte? Versteckte Stiller sich wirklich die ganze Zeit hinter einer Maske?*

**Prot.: Manfred Ewaldinger** KRIMINALHAUPTKOMMISSAR*

Nein, es gibt kein Verbrechen ohne kriminologisches Motiv. Meiner Überzeugung nach handelt niemand ohne Motiv, auch wenn das Motiv für Außenstehende oder Ermittlungspersonen manchmal nur schwer oder gar nicht erkennbar sein mag.

Wir haben alle denkbaren kriminalistischen Fahndungsmethoden angewandt. Es gibt diesbezüglich keine Geheimnisse. Man könnte sagen: Polizeibeamte kochen auch nur mit Wasser! Da Augustin Stiller einen großen Bekanntenkreis hatte und zudem sehr beliebt war, haben sich viele Helfer – insbesondere Angehörige der Feuerwehr und der Musikkapelle – gefunden, die bis ins tiefe Unterholz hinein nach ihm gesucht haben.

Wir werden so lange an dem Fall Stiller dranbleiben, solange Hinweise vorliegen, die noch nicht abgearbeitet sind. Sind sie abgearbeitet, widmen wir uns dem Tagesgeschäft, bis neue Hinweise kommen. Kommen neue Kollegen oder Praktikanten zu uns, geben wir ihnen die Akten und bitten sie, diese zu studieren und dahingehend zu überprüfen, ob ihnen etwas unklar ist oder ob aus ihrer Sicht gegebenenfalls noch etwas abzuklären wäre.

---

* Leiter der Ermittlungen

## Prot.: Wolf Sebastian ARBEITSKOLLEGE

Er ging in die Realschule. Wir sind immer zusammen mit dem Bus gefahren. Wir sind auch beide morgens in Furth eingestiegen. Ich habe keine Ahnung, wieso er sich das Leben genommen haben könnte. Auch die Gerüchte nennen kein Motiv.

Ob Stiller auch im Team arbeiten konnte? In gewissen Bereichen sicherlich. Das musste er bis zu einem bestimmten Grad aber auch, denn er war eine Art Gehaltsempfänger. Nur ein kleiner Teil seines Einkommens setzte sich aus leistungsbezogenen Provisionen zusammen. Ich glaube, er ist, weil er so viele Bausparverträge verkauft hat, auch mal von der Bausparkasse lobend erwähnt worden in irgendeiner Broschüre. Vielleicht hat er dann auch so was wie einen Hotelaufenthalt von der Bausparkasse bezahlt gekriegt.

Er war halt einfach ein Verkäufer. Konnt's gut mit den Leuten, das ist einfach das Wichtigste bei der ganzen Sache. Ich kann natürlich nicht sagen, wie die Leute, die von ihm beraten wurden, darüber urteilen. In der schwierigen Zeit, so um 2000/2001 'rum, wo zum Beispiel viele in Telekom-Aktien investiert haben und der Markt dann vollkommen eingebrochen ist, und viele einen Verlust g'habt haben, das war ja nicht das Verschulden vom Stiller, sondern das war halt einfach das Marktumfeld.

Ich denke schon, dass Stiller seine Arbeit mochte. Ich hatte nie den Eindruck, dass er sagt: »Nein, das ist scheiße.«

Er hat sich auch selber fortgebildet, war einer der wenigen, die auch das Bankfachkolleg gemacht haben. Der war schon auch bestrebt, dass er im Job vorwärtskommt. Man kann ihm ja auch keinen Vorwurf machen. Der hat sich eingelesen, vielleicht hat er selber auch ein bisschen riskantere Geschäfte g'macht, weil er vielleicht Geld g'habt hat, womit er zocken konnte, aber das kann ich jetzt zu wenig einschätzen. Aber er war auf jeden Fall interessiert bei der Sache.

Theoretisch ist das denkbar, dass man als Anlageberater, wie er einer war, in gefährliche Situationen kommen kann. Ein denkbares Szenario wäre, wenn es darum geht, Schwarzgeld anzulegen. Also, es kommt ein Kunde und möchte gerne Geld anlegen. Aber das halt nicht in Deutschland, weil man da ja kein Bankgeheimnis hat. Da wäre es ja denkbar, dass man sagt: »Fahr das Geld nach Österreich, Luxemburg oder in die Schweiz und leg's da an, investiere es gegebenenfalls spekulativ in einen Hedge Fonds« – und der geht dann unter. Solche Sachen kann's natürlich schon geben. Auch dass er solche Beratungen ganz außerhalb seiner Arbeit als von der Bank angestellter Berater auf eigene Faust durchführte. Es könnte ein zufriedener Kunde sein, der sich bei den Bergland Bank-Produkten gut von Stiller beraten fühlte und aber mehr will und sagt: »Sag mal, Stiller, du kennst dich doch da gut aus, kannst du mir nicht mal einen Tipp geben ...?«

Aber die Geldvernichtungsproblematik tritt auch auf, wenn er jemanden berät und keine Streuung drin hat, sondern Geld, was er eigentlich mehr oder weniger sicher anlegen möchte, und man dann halt sagt: »Okay, leg's in

Telekom-Aktien an«, wie es zum Beispiel 1998 war oder 1996, das müsste man von den Jahren her genau verfolgen: Wenn man einen Spitzenwert von 100 hat und das Ganze geht dann irgendwann mal runter auf 10, dann hat halt jemand 90 Prozent verloren. Wenn du auf diese Art von jemandem das ganze Geld vernichtet hast, dann kann das für dich gefährlich werden. Es müssen ja absolut keine großen Beträge sein, aber absolute Beträge können ja für jemanden – relativ betrachtet – ziemlich hohe Beträge sein. Aber über solche Szenarien gibt es nicht einmal Gerüchte. Das ist jetzt nur mal ein Denkspiel von mir.

Am Ende kommt man immer an diesen Punkt: Wenn man jemandem eine vernünftige Vermögensverwaltung anbieten möchte – Schwarzgeldanlage inklusive –, ich spreche jetzt wirklich rein theoretisch, dann muss man genau wissen, wo er eigentlich schon immer investiert hat. Und das kann ja genau sein, dass halt manche Geschäfte oder manche Produkte über die Hausbank komplizierter zu bekommen sind, als wenn man über eine andere Bank oder einen anderen Weg geht. Und dann ist es eine Vertrauensfrage, weil du kannst niemanden gut beraten, wenn du nicht weißt, was er für Vermögenswerte hat. Und er kennt ja die Vermögenswerte seiner Kunden. Und da wäre so was denkbar. Aber wie gesagt: reine Spekulation.

Dass er mit einem oder mehreren solcher Geschäfte derart viel Geld beiseiteschaffte, dass es ausreichen würde, um sich abzusetzen, halte ich bei der Klientel der Bergland Bank für ausgeschlossen. Aber das heißt ja nix. Man weiß ja nicht, was er nebenher gemacht hat.

Auch, dass er mit eigenem Geld und durch geschickte Spekulation schnell zu viel Geld gekommen ist, das es ihm erlauben würde, sich abzusetzen, halte ich für ausgeschlossen. Wenn er diese Gabe hätte, bräuchte er ja nicht abhauen. Wenn er so ein guter Anlageberater wäre, dann wäre er nicht bei dieser Bank beschäftigt. Dann hätte er vielleicht seinen Wohnsitz als Erstes mal ins Ausland, nach Luxemburg oder Liechtenstein verlegt oder hätt in einer Schweizer Großbank gearbeitet; und dann hätte er's als Börsenguru wirklich weit gebracht. Aber davon ist ja jetzt wirklich nichts bekannt.

Es ist absolut glaubwürdig, dass in der Bergland Bank kein Geld verschwunden ist. Eines ist doch sicher: dass dieser ganze Vorgang auf jeden Fall von der internen Revision verfolgt worden sein wird, dann von der Kripo und dann noch von einem Wirtschaftsprüfer. Da müssten also viele Leute etwas übersehen haben oder man würde ihnen unterstellen, alle unter einer Decke zu stecken. Das ist relativ schwierig vorstellbar von der Motivationslage her. Der Jahresabschluss wird geprüft von einem Wirtschaftsprüfer und der bestätigt, dass das dargestellte Bild von der Vermögens- und Ertragslage den tatsächlichen Werten entspricht.

Ob man gut sein muss, wenn man in der Bergland Bank eine Lehrstelle kriegen will? Ich glaube, dass bei den Lehrstellen bei der Bergland Bank Schule nur ein Kriterium ist – Beziehung ist das andere. Aber der Stiller Augustin war, so wie ich es in Erinnerung habe, einfach ein guter Schüler. Der ist auf die Realschule 'gangen, hat das durch'zogen, ist dann auf die Bank 'gangen; der hätte vielleicht auch noch Möglichkeiten g'habt, mehr aus sich zu machen, aber das war vielleicht zu der Zeit auch nicht opportun. Dass der Vater ihm auch noch ein Studium finanziert, das war wahrscheinlich finanziell nicht drin. Aber inwieweit da interner Druck auf'baut worden ist, kann ich nicht sagen. Fakt ist, dass Stiller auf jeden Fall mehr drauf g'habt hätt, wenn er es g'wollt hätt. Aber man kann es nicht beurteilen, inwieweit er nicht selber den Ehrgeiz g'habt hat, sich dementsprechend zu entwickeln und inwieweit er da irgendwie 'drückt worden ist. Im Dorf sieht man den Stiller sicher als erfolgreichen Mensch an. Weil er ist ja als Lehrbub eing'stellt worden, hat dann die kleine Filiale in Durgau g'macht und ist dann auch aufg'stiegen, indem er sich auch um Buckl 'kümmert hat; und dann war er in der Riege der Vermögensberater der Bergland Bank eine der führenden Kräfte. Das auf jeden Fall. Darum würde ich mal sagen, dass er ein erfolgreicher Banker ist. Ja, als Anlageberater musste er nicht dauernd in der Bank anwesend sein, er hatte ein bisschen mehr Freiheit als wir anderen Mitarbeiter. Diese Möglichkeit hat man ihm eingeräumt. Das hat ja auch dazu geführt, dass er diesen ominösen Kundentermin am Tag seines Verschwindens nicht in der Bank hatte, sondern beim Kunden. Das würde man ja jetzt von einem Schaltermitarbeiter nicht erwarten, dass er diese Freiheit hat. Was das für ein Kunde war, ist bis heute eine Geheimnis.

*Claus Zeiss von der örtlichen Zeitung hat angerufen: Es gibt keine Verbindung zwischen dem Verschwinden des Betreibers des Jochberger Reptilienzoos und Stillers Verschwinden. Der Mann vom Reptilienzoo hat sich abgeseilt, weil ihm wohl die Verantwortung für die vielen Gift- und Würgeschlangen über den Kopf gewachsen ist. Ist auch Stiller eine Verantwortung über den Kopf gewachsen? Aber welche? Ich meine, dass Ackermann nun genug weiß. Bei unserem nächsten Treffen werde ich ihn auffordern, mir seine Hypothesen zu schildern. Ich fürchte, Ackermann wird einen Mord als Grund für Stillers spurloses Verschwinden vermuten. Auch wenn es so etwas im Bergland noch nie gegeben hat. Wäre Stiller aus freien Stücken verschwunden, hätte man doch längst ein Lebenszeichen von ihm bekommen. Und sei es nur ein unfreiwilliges.*

## Prot.: Helmut Ackermann EIN FAHNDER DER KRIMINALPOLIZEI

Im Ermittlungsverlauf, nach den Sofortmaßnahmen, ergibt sich meist ein möglicher Hintergrund der Vermisstensache. Damit komme ich zu meinen Hypothesen:

Da für eine volljährige Person eine sogenannte »Vermissteneigenschaft« bestehen muss – das schreiben die Polizeidienstvorschriften der Länder vor –, damit die Polizei überhaupt tätig wird, sind Vermisstengründe zu suchen, die eine Gefahr für Leib oder Leben der VP erahnen oder befürchten lassen.

Diese wären: Freitodgefahr, Unfall möglich, Opfer Straftat möglich. Im Falle Stiller neige ich zur Annahme, dass sich die VP abgesetzt hat – als sogenannter Aussteiger oder eventuell auch als Straftäter – und das eventuell von langer Hand geplante Verschwinden eindrucksvoll inszenierte.

Dafür sprechen diese Übergabe von Dokumenten an den Dirigenten und die E-Mail-Löschungen von seinem Bankcomputer. Es ist möglich, dass dieses geheimnisvolle Kundentreffen »Hauser, Seerestaurant« gar nicht stattfand und somit dieser Kalendereintrag der allgemeinen Irreführung dienen sollte. Die abgehobenen 50 Euro können vortäuschen, die Restaurantzeche, die anlässlich des Kundentreffens wahrscheinlich anfallen würde, damit zu begleichen. Auch die Mountainbike-Szene könnte einer falschen Spurenlegung dienen; im Übrigen fällt es mir schwer zu glauben, dass ein auf dem Lande lebender Mensch kein Fahrrad sein Eigen nennt. Diese Spur ergibt für mich keinen Sinn. Das unverschlossene Kraftfahrzeug könnte ebenso einer irreführenden Spurenlage gedient haben. Vortäuschung eines Überfalls? Zurückgelassene Ausweise können per Verlustmeldung ersetzt werden – oder man legt sich eine neue Identität zu – mit anderen Papieren. Sollte Stiller in eine Geldwäscherei verstrickt sein, so spricht der Verbleib seiner Ersparnisse auf der Bank nicht zwangsläufig gegen die »Absetz-Hypothese« – unter Umständen hat er mit nicht bekanntem Handeln mehr Geld auf die Seite geräumt, als auf seinem Sparkonto ruht. Im Übrigen erreicht er mit dem auf dem Konto verbliebenen Guthaben abermals ein Spurenverwischen und besitzt zudem noch einen Notgroschen für eine etwaige Rückkehr. Nehmen Sie nur dieses Beispiel: Sie können bei mir gerne 100.000 Euro deponieren, wenn anderswo 3.000.000 Euro auf Sie warten. Gut, das muss nicht der Grund des Verschwindens sein – doch wer will es ausschließen? Jedenfalls ist das bestehende Bankguthaben kein Indiz dafür, dass Stiller nicht das Weite suchte – und womöglich auch fand. Jetzt begebe ich mich auf Spekulations-Eis: Nach Meinung eines noch erfahreneren Ex-Kollegen, der einst eine wirklich spektakuläre Soko leitete, geben Banken ungerne zu, wenn ein Angestellter derselben sich in irgendwelche Straftaten verwickelt hat. Da droht eine massive Rufschädigung! Das können Sie in der Presse zu Wirtschaft und Politik fast täglich nachlesen. Zugegeben wird in solchen Fällen nur, was durch eventuell undichte Quellen zutage kommt. Ich will dem Arbeitgeber des Stiller damit nichts unterstellen – nur, ich habe in jahrzehntelanger Fahndungsarbeit das sich ständig wiederholende

Prädikat »sehr zuverlässig«, »äußerst zuverlässig« – bei der VP-Beschreibung durch Angehörige – fürchten gelernt, weil es sich oft im Nachhinein als falsch erwies. Die Polizei wird belogen. Dies ist eine Tatsache.

Und die möglichen anderen Vermisstengründe? Nun, einen Unfall schließe ich kommentarlos aus. Gegen eine Freitodgefahr spricht das mangelnde Motiv. Hierzu dürften wohl die Lebensgefährtin, Kollegen plus Bekannte befragt worden sein. Ein eventuell begangener Suizid dürfte wohl kaum in galaktischer Entfernung vom Auffundort des Pkw vollzogen worden sein. Man fand aber bei der groß angelegten Suchaktion keine Leiche.

Bleibt die Möglichkeit »Opfer Straftat« bzw. Tötungsdelikt: Stellt sich nicht hier die Frage: »Wem würde es nützen?« Zur Beantwortung dieser Frage liegen keine Erkenntnisse vor. Freilich gibt ein Rotlichtmilieu-Kontakt Ermittlungsansätze und -gründe der Strafverfolgungsbehörden in diesem Milieu. Dies aber dürfte die Polizei wohl bedacht und in die Tat umgesetzt haben. Jetzt lassen Sie mich bitte in Ruhe. Ich bin am Ende und leer im Kopf.

*Wer ist nun verrückt – Ackermann oder ich? Stiller soll sich abgesetzt haben! Ackermann muss es wissen. Er ist der Experte. Doch fällt es mir schwer, dieser Hypothese zu folgen. Natürlich können die 50 Euro-Abhebung, die Mountainbike-Geschichte, der Termin im Kalender, das unverschlossene Fahrzeug und die Tatsache, dass Stiller sein Geld bis heute nicht anrührte – natürlich könnten alle diese Tatsachen das Ergebnis eines geschickten Spurenverwischens sein. Doch können und wollen wir Stiller dies zutrauen? Wollen wir glauben, dass Stiller seine Lebensgefährtin, seine Familie und seine Freunde von der Musikkapelle einfach so zurückließ?*

**Prot.: Petra Lutz** ARBEITSKOLLEGIN

So eine komische Traurigkeit ist das jetzt immer, wenn ich an ihn denke. Weißt, so eine innerliche. Der Augustin Stiller, das war echt so ein toller Mensch. Und wenn du nicht weißt, was mit diesem Menschen passiert ist ... Das sind viele Jahre, was ich mit ihm zusammengearbeitet habe. Das war nicht einfach nur ein Kollege. Ich kann nicht sagen, ob er wiederkommt. Ich bin da im Zwiespalt. Wegen der Traurigkeit kann ich nicht sagen: Hat er sich abgesetzt oder ist ihm etwas passiert. Der wo jetzt gekommen ist bei uns in der Bank für den Augustin, das ist kein Augustin. Der ist okay und alles, aber kein Gustl. Der Gustl hat ja auch eine ganz eigenartige Unterschrift g'habt: Das war ein »S«, ganz groß und das »-tiller« ganz klein. Also, wer Schriften lesen kann ...

Falls der Augustin noch lebt, zurückkommen kann er nicht mehr. Das kann der gar nicht alles bezahlen, was die Suche nach ihm gekostet hat.

## Prot.: Helmut Ackermann

EIN FAHNDER DER KRIMINALPOLIZEI

Die Beschaffung falscher Papiere? Ich denke, dass Sie, wenn Sie die »richtigen Quellen« ergründen, schon in vier Wochen eine neue Identität – gegen Bares – erhalten können.

**Prot.: Wolf Sebastian** ARBEITSKOLLEGE

Ob er Spielcasino oder Lotto g'spielt hat, kann ich nicht beantworten. Ich würde jedenfalls nicht ausschließen, dass er nicht auch mal auf ein paar exotische Aktien gesetzt hat. Aber ich weiß nicht, in welchem Rahmen. Weil das ist ja auch eine Leidenschaft. Wenn du selber nicht viel Geld hast, aber wenn du's dir selber beweisen willst, dann machst du halt solche Sachen. Auch wenn sich's vielleicht finanziell nicht rentiert, weil die Transaktionskosten zu hoch sind, aber du hättest trotzdem die Gewissheit, dass du auf den richtigen Riecher gesetzt hast. 1999 zum Beispiel war es ja ein großes Spiel drum, dass man Neuemissionen zeichnet, auch wenn man nicht genau weiß, wie's ausgeht. Aber da war es ja so, dass die Neuemission zu einem Preis verkauft worden ist, wo am grauen Markt schon höher gehandelt wurde. Und wenn man da eine Zuteilung 'kriegt hat, dann war das wie ein Treffer im Lotto. Also: Du zahlst 10 und kriegst am nächsten Tag schon 30. Oder 12 oder 13 Euro für Aktien, das sind 30 Prozent Gewinn innerhalb von zwei Tagen. Wenn man sich das als Rendite hochrechnet, das ist unglaublich!

Vom Typ her – ich weiß nicht, ob er einer war, dem man zutrauen kann, dass er g'spielt hat. Er war ja so unscheinbar und still, aber das schließt ja nicht aus, dass er trotzdem spielt. Wenn wir von der Bank aus gefeiert haben, dann wurde ganz normal gefeiert. Da hat er auch was mit'trunken und hat es auch lustig g'habt und war sehr umgänglich. Das war jetzt nicht so, dass man von ihm gesagt hat, er macht keine Party.

## Prot.: Manfred Ewaldinger KRIMINALHAUPTKOMMISSAR*

Immer wieder kommt es vor, dass Menschen, die scheinbar mitten im Leben stehen, von einem Moment auf den anderen verschwinden. Ich selbst habe in früherer Zeit einen Fall bearbeitet, der gewisse Parallelen zum Fall Stiller hatte, jedoch keinerlei Medieninteresse hervorrief: Ein Familienvater fuhr vermeintlich zur Arbeit, kam dort aber nie an. Er tauchte rund 8 Monate später bei einem Arbeitsamt in einer weit entfernten Stadt wieder auf. Er hatte bei einem Zirkusunternehmen angeheuert und war mit diesem durch Deutschland gezogen. Sein Motiv: Er wollte mit seiner Familie nichts mehr zu tun haben.

* Leiter der Ermittlungen

## Prot.: Oswald Gerwinkel BEKANNTER

Direkt nach seinem Verschwinden haben sie versucht, ihn noch mit dem Mobiltelefon zu orten. Und danach hat die Fahndung eher darin bestanden, dass Feuerwehr und Freunde und Familie die Umgebung abg'sucht haben, ob sie jemand finden. Ja, im Prinzip die klassische Vermisstensuche. Also die sind halt durchs Gebüsch durch'gangen, weitflächig, und haben die Sachen abg'sucht. Alles zwischen Dorfen und Alpenfriedhof. Die Feuerwehr wird ja bei so was sowieso eingeschaltet, und dann hat's aber auch noch mehr oder weniger private Aktionen 'geben, die Musikkapelle war ja auch dabei. Lass es mal 50 bis 100 Leute gewesen sein. Es hat auf mich den Eindruck g'macht, dass sie das ziemlich weitflächig abg'sucht haben. Aber halt auch auf Wege beschränkt. Wenn er jetzt irgendwo ins Unterholz verschwunden ist, ich glaube nicht, dass sich jemand die Mühe gemacht hat, das auch noch durchzukämmen. Aber ich sag mal, man weiß es ja nicht. Ich war nicht dabei. Aber durch das, dass viele persönlich involviert waren in das ganze Thema, wäre auch das vorstellbar.

Am Freitag ist die Suche gleich losgegangen. Oder am Samstag. Jedenfalls extrem zeitnah.

## Prot.: Hanns Werner Seltmans KRIMI-REGISSEUR

Der ist garantiert tot. Wahrscheinlich ist er größenwahnsinnig geworden, weil er immer mit dem großen Geld zu tun hatte. Oder er wollte selber reich sein, weil er immer den Reichen geholfen hat, noch reicher zu werden. Und so ist er in die falschen Kreise geraten. Und dann meine ich: Die Frau, die weiß irgendwas. Sonst hätte die doch nicht sofort die Polizei gerufen! Man wartet da doch dann immer noch ein bisschen, wenn einer nicht nach Hause kommt. Das mit den von ihr bezahlten Leichensuchhunden und dem Hubschrauber ist doch auch total auffällig. Der Stiller ist garantiert tot.

*Bei unserem letzten Treffen ist der sonst so ausgeglichene Ackermann vollkommen außer sich. Er habe seine Verbindungen spielen lassen, bricht es aus ihm schon hervor, noch ehe er den Mantel abgelegt hat. Er sei auf verschlungenen Wegen an einen Mann geraten, der mehr über Stiller wisse. Woher er diese Verbindung habe und wie der Mann heiße, könne er mir aber nicht sagen. Der Informant werde am kommenden Montag der Verleihung eines Preises an einen Kriminalschriftsteller im Literaturhaus in München beiwohnen. Der Verbindungsmann werde neben Thomas Manns Bären auf mich warten. Ich solle nicht zu spät kommen.*

## Prot.: Wolf Sebastian ARBEITSKOLLEGE

Ich weiß nicht, ob er aus der Bank hätte rausmüssen, um weiterzukommen. Es ist ja schon die Frage, was er wirklich wollt. Vielleicht wollt er ja gar nicht mehr. Wenn, dann hätt er auf der Vertriebsschiene weitermachen müssen. Das war ja auch seine Stärke. Das ist für eine Bankkarriere nicht unbedingt von Vorteil. Aber es gibt ja auch Leute, wo sehr stark auf der Vertriebsschiene orientiert waren und jetzt im Vorstand sitzen. Das wäre ja auch eine Perspektive für ihn, eine langfristige. Das ist vielleicht direkt bei der Bergland Bank nicht so einfach, das zu erreichen, einfach von dem her, wie sie momentan aufg'stellt ist, aber es hätte ihn ja nicht dran g'hindert, einzufordern, dass er die entsprechenden Schulungen kriegt, dass er das dann auf einem anderen Weg erreichen kann.

Die Variante, dass er umgebracht worden ist, die glauben eigentlich weniger Leute. Die Tendenz nach den Gerüchten geht eher in Richtung Selbstmord oder Verschwinden. Wahrscheinlich auch aus dem Grund, weil sich kaum jemand vorstellen kann, dass man ein Gewaltverbrechen verübt. Was dagegen spricht, das ist natürlich die Frage, dass die Leiche nie auftaucht. Dass die nie auftaucht, da würd ich jetzt eher einen Mord vermuten als einen Selbstmord – weil, wo keine Leiche, da kein Richter. Aber vielleicht möchte da nur niemand dran glauben.

*Ackermann hat mir nicht zu viel versprochen. Tatsächlich wartet an besagtem Abend ein Mann neben dem Bären, der bis zu Thomas Manns Emigration 1933 in dessen Haus in der Münchner Poschingerstraße stand. Der Mann begrüßt mich mit kalten, knochigen Händen, aber festem Händedruck. Er raucht viel und hastig und fragt mich, warum ich am Fall Stiller interessiert sei. Ob ich persönliche Beziehungen zu der Familie hätte und auf welchen Wegen ich recherchieren würde. Ich sage ihm, dass ich aus demselben Dorf wie Stiller stammen würde und dass von dort noch niemand spurlos verschwunden sei, weshalb Stillers Verschollenheit für mich bis heute unbegreiflich sei; dass es mir nur und ausschließlich darum gehe, herauszufinden, was mit ihm, mit Stiller, geschehen ist. Der Verbindungsmann fragt mich, ob ich an dem Fall auch noch interessiert sei, wenn ich erfahren würde, dass er mittlerweile aufgeklärt wurde? Ja, natürlich!, platzt es aus mir heraus. Der Mann entzieht seiner Zigarette nochmals zwei hastige Züge und erzählt, dass er aus sicherer Quelle wisse, dass Stiller lebt. Im September 2005 sei bei einer Polizeidienststelle eine diesbezügliche Meldung eingegangen. Stiller habe sich an einem der Polizei bekannten Ort aufgehalten. Mittlerweile habe er aber seinen Aufenthaltsort gewechselt. Wo Stiller gesichtet worden sei, könne er mir nicht mitteilen. Er habe mir ohnehin bereits zu viel gesagt. Eines sei allerdings merkwürdig, und darauf müsse er mich aufmerksam machen: Stiller sei von der zuständigen Kripo Seligenfels noch in der Vermisstenfahndung belassen worden, obwohl er nun genau genommen und vor allem aus rechtlicher Sicht nicht mehr als vermisst gelten dürfe. Woran das liegen könne?, frage ich den Unbekannten. Es könnte sein, antwortet dieser, dass gegen Stiller in anderer Sache ermittelt werde und die Kripo ihn noch in der Vermisstenfahndung behalte, um die Ermittlungen in der anderen Sache zu erleichtern. Um was für eine andere Sache es sich hierbei handeln könne?, frage ich. Zum Beispiel um eine Straftat, sagt der Mann und drückt seine Zigarette aus.*

*Stiller lebt. Und befindet sich auf Reisen. Mein erster Impuls ist es, mich gemeinsam mit Ackermann auf seine Fährte zu setzen und ihn aufzuspüren. Doch wo sollte ich mit der Suche beginnen? Nach kurzem Überlegen wird mir die Sinnlosigkeit dieses Gedankens klar. Dabei lassen mir einige Fragen keine Ruhe: Wissen Stillers Familie und seine Lebensgefährtin, dass Stiller lebt – oder hat die Kriminalpolizei ihnen diese Information aus ermittlungstaktischen Gründen vorenthalten? Wird wirklich gegen Stiller ermittelt und wenn ja, aus welchem Grund? Ist entgegen aller Aussagen der Verantwortlichen doch Geld aus der Bergland Bank verschwunden? Wissen die Kriminalpolizei und Stillers Familie, wo Stiller sich jetzt gerade aufhält? Warum wird die Öffentlichkeit, das Dorf, dann nicht darüber informiert? Ich denke an die vielen Menschen, die sich bis heute um Stiller Sorgen machen und die mit großem Aufwand wochenlang nach ihm suchten. Stiller mache ich keinen Vorwurf. Er ist abgehauen, wie ich. Doch weshalb? Es muss ein triftiger Grund sein, oder hätte Stiller sonst einen Mord inszeniert?*

# ZWEITES HEFT

*Die Ereignisse überschlagen sich: Am 13. Februar 2007 gebe ich öffentlich bekannt, dass Augustin Stiller lebt. Drei Tage später, am 16. Februar 2007, teilt der Leiter der Ermittlungen der Kripo Seligenfels gegenüber der örtlichen Zeitung mit, Augustin Stiller sei in Spanien bei einer Polizeikontrolle aufgefallen. Am Sonntag, dem 11. Februar 2007, sei er von den spanischen Behörden verhört worden. Er habe zu Protokoll gegeben, freiwillig aus dem Bergland verschwunden zu sein. Seinen genauen Aufenthaltsort habe er nicht preisgeben wollen, ebenso wenig Details zu seiner persönlichen Situation. Auf Wunsch der deutschen Kriminalpolizei, so berichtet die örtliche Zeitung, habe die Guardia Civil am 15. Februar 2007 noch einmal ein Gespräch mit Stiller geführt, um seine Identität zweifelsfrei zu klären.*

*Darüber, dass die Kriminalpolizei bereits im Herbst 2006 wusste, dass Augustin Stiller lebt, verliert der Leiter der Ermittlungen kein Wort; und auch nicht darüber, weshalb weiter nach Stiller als »vermisste Person« gefahndet wurde, obgleich dieser nicht mehr als vermisst gelten durfte.*

*Ist es vorstellbar, dass die Polizei die Angehörigen Stillers tatsächlich nicht über das Lebenszeichen aus Spanien vom September 2006 informiert und damit Stillers Familie ohne Grund in einer schrecklichen Ungewissheit gelassen hat? Oder ist die Familie über dieses Lebenszeichen unterrichtet worden, hat dies aber der Öffentlichkeit aus unerklärlichen Gründen vorenthalten? Und weshalb hat mir der Leiter der Kripo Seligen-*

*fels die Existenz dieses Lebenszeichens vom September 2006 verschwiegen? Gab es ermittlungstaktische Gründe, die ihn zu diesem Vorgehen veranlassten? Oder wusste er wirklich nichts davon?*

*Und der Fall Stiller wirft noch ein Rätsel auf: Weshalb geht die Polizei mit ihren vermutlich nicht ganz dem wahren Ablauf der Ereignisse um Stillers Aufbringung entsprechenden Informationen genau in derselben Woche an die Öffentlichkeit wie ich? Ein Zufall? Oder verbirgt sich hinter Stillers Verschwinden doch noch ein größeres Geheimnis?*

## Prot.: Markus Ballhäuser ARBEITSKOLLEGE

Wieso er abgehauen ist, das kann ich mir nicht erklären, das weiß ich nicht. Also ich habe gedacht, vom Job her oder so, da hat er eigentlich einen gehabt, wo in Ordnung war, wo ihm Spaß gemacht hat; man hat ihn gefördert, und aus meiner Sicht hat das alles funktioniert.

Bei vielen im Dorf ist jetzt eine Enttäuschung da: dass er jeden verarscht hat und sich nicht hingestellt hat, wenn er unzufrieden war. Man hätte das ja sicherlich auch anders lösen können. Ich hab dann auch schon so eine Äußerung g'hört, dass er sich, wenn er wieder zurückkommen würde, warm anziehen müsst, weil das Erste, was passieren täte, wäre, dass er Schläge kriegt. Das mit den Schlägen habe ich über die Buschtrommeln gehört. Das muss aus dem Bereich von denen gekommen sein, wo sich da wirklich intensiv auf die Suche begeben haben. Und wenn das so ein rustikaler Bergländer sagt …

## Prot.: Klaus Gerstland EIN FREUND

Ich habe gehört, dass einer seiner Brüder inzwischen überzeugt ist, dass Stiller in der Nacht nach seinem Verschwinden im Haus seines Vaters gewesen sein soll. Dies gab der Bruder aber erst nach Stillers Entdeckung zum Besten.

## Prot.: Helmut Ackermann

EIN FAHNDER DER KRIMINALPOLIZEI

Ich werde langsam sauer! Diese Familie weiß mehr, als sie den Bullen mitteilte. Ich bin geneigt zu glauben, dass die unter Umständen auch haarklein das Motiv des Verschwindens kennen – wenn sie nicht sogar eventuell auch das Wissen über alle Modalitäten des Verschwindens hatten.

Dafür spricht deren Gleichgültigkeit Ihrer Frage gegenüber, ob sie – die Angehörigen – unterrichtet werden wollen, falls es Ihnen gelingt, den AO – ich meine den Aufenthaltsort – zu ermitteln. Ich denke, hier wurde von Anfang an gemauert.

Übrigens noch eine Frage: Stiller suchte also unmittelbar nach dem »Sich-Absetzen« gleichentags das Vaterhaus auf. Liegt das auswärts vom eigenen Wohnort? Was suchte er dort? Kriegen Sie aus Ihrem Mitteiler nichts mehr heraus?

*Ackermann hat allen Grund, sauer zu sein. Im Fall Stiller wird an mehreren Punkten nicht mit offenen Karten gespielt. Die Vorstellung, dass Stiller nachts sein Geburtshaus aufgesucht haben könnte, lässt mich frösteln. Ich stelle mir den einsamen Bauernhof der Stillers vor und wie Stiller sich im Schutz der Dunkelheit hineinschleicht und sich irgendwo an einer geheimen Stelle zu schaffen macht. Was wäre gewesen, wenn sein Bruder ihn gestellt und im Dunkeln versehentlich für einen Einbrecher gehalten hätte? Was hatte Stiller in seinem Vaterhaus zu suchen? Weshalb rückt Stillers Bruder Hannes erst jetzt mit dieser Information heraus?*

## Prot.: Wolf Sebastian ARBEITSKOLLEGE

Seine Frau – also seine Freundin meine ich –, die will jetzt heiraten, hab ich g'hört. Einen anderen von der Musikkapelle wohl. Eineinhalb Jahre sind's jetzt, dass er verschwunden ist. Da kann man ihr keinen Vorwurf machen. Auch wenn der Plan vom Heiraten vielleicht schon früher da war als dass sie g'wusst hat, dass er nicht ermordet worden ist. Ich mein, die kann ja auch nicht ewig warten, wenn sie gar nicht weiß, was ist mit ihm. Oder?

*Die Stimmung im Dorf brodelt, seit bekannt ist, dass Stiller lebt und freiwillig verschwunden ist. Dass sogar sein Bruder ihn am liebsten zusammenschlagen würde, wenn er hier wäre, wird erzählt. Armin Stiller soll schwer darunter leiden, dass Augustin, der immer sein Vorbild war, alle derart genarrt hat. Aber Armin Stiller soll auch berichtet haben, dass der Augustin ihm einmal gesagt habe, dass man auch mit nichts neu anfangen könne. Dass das schon möglich sei. Dass es nur eine Frage der Organisation sei.*

**Prot.: Gitta Häusler** EINE FREUNDIN

Er hat jetzt wohl einen Brief an die Familie geschrieben. Das ist jedenfalls das, was ich g'hört hab – von verschiedener Stelle. Was drinsteht in dem Brief? Das hat keiner so recht gewusst. Aber ich werd's schon noch herausfinden. Die Zeit bringt alles ans Tageslicht.

Ich bin mir sicher, dass du ihn noch einmal treffen wirst, den Augustin. Nach alldem, was war.

**Prot.: Wolf Sebastian** ARBEITSKOLLEGE

Es gibt welche, die sagen, der Stiller Augustin ist von unserer Bank mit Schwarzgeldtransaktionen betraut worden. Und im Zuge dessen wär er mit dem Geld abgehauen. Und die Bank kann nun das Geld von ihm nicht zurückfordern, weil es Schwarzgeld ist. Ich weiß nicht, was ich davon halten soll.

## Prot.: Klaus Gerstland EIN FREUND

Jetzt halt dich fest, was ich g'hört hab: Der Reichenhaller Eugen soll ein Tagebuch g'schickt bekommen haben, ein Tagebuch. Ja, da hab ich auch gestaunt. Vom verschollenen Stiller Augustin. Das hab ich g'hört. Ob's stimmt, weiß man ja nicht.

Im Dorf ist man jetzt so geteilt. Den einen ist es wurscht, die andern würden ihn gern verhauen. Wie das ausgeht, weiß man nicht. Am meisten denkt man jetzt nach, ob er denn bestraft werden kann wegen der Sache, und dass er wegen einer eventuellen Bestrafung ja schon gar nicht zurückkommen kann.

Und jetzt steht da seine Wohnung herum, die kann man ja nicht verkaufen, wo man weiß, dass er noch lebt.

**Prot.: Helmut Ackermann** EIN FAHNDER DER KRIMINALPOLIZEI

Absolutes Tollhaus, was Sie mir da erzählen! Das muss sich erst setzen.

## Prot.: Claus M. Sternkopf STAATSANWALT

Ich lege Wert darauf, festzuhalten, dass ich dienstlich nicht mit dem Fall Stiller befasst bin oder war. Grundsätzlich kann ich aber sagen: »Vortäuschen einer Straftat« heißt, dass jemand vorgibt, dass jemand eine verfolgbare Tat begangen hat, obwohl er genau weiß, dass das nicht so ist. Dass letztendlich die Polizei und die ganzen Verfolgungsbehörden die Verfolgung aufnehmen und da natürlich auch ein Riesenaufwand betrieben wird und das Ganze schließlich umsonst ist. Weil eben diese Person das nur inszeniert hat. Geregelt ist das in § 145d des Strafgesetzbuchs.

Wenn man jetzt zu dem Schluss kommen würde, dass er bestraft werden müsste, dann würde der Strafrahmen von einer Geldstrafe bis hin zu einer Freiheitsstrafe von drei Jahren reichen. Wobei natürlich in solchen Fällen in der Regel der Strafrahmen nicht ganz ausgeschöpft wird. Neulich stand erst in der Zeitung, dass eine Studentin einen Bombenanschlag in einer Universität angekündigt hat, obwohl das nicht der Fall war, und die hat dann wegen Vortäuschens einer Straftat 18 Monate auf Bewährung bekommen, glaube ich. Das ist jetzt natürlich schon eine sehr massive Ausprägung dieser Tat.

**Prot.: Michael Berendongk** EIN POLIZEIOBERKOMMISSAR

Wer wider besseres Wissen – und das ist das Entscheidende – einen Polizeieinsatz auslöst, wird zur Kasse gebeten. Das ist aber bitte natürlich nicht als Drohung zu verstehen, weil die Polizei möchte ja Informationen von ihrer Bevölkerung haben, und von daher ist es unser großes Anliegen, dass eben keine Angst entsteht vor irgendwelchen Geldforderungen seitens der Polizei. Das heißt, Gefahrenabwehr ist eine der herausragenden Arbeiten und Aufgaben für die Polizei, und die wird auch immer kostenfrei für ihre Bürgerinnen und Bürger sein. Wir prüfen jeden Einzelfall für sich. Dabei haben wir hehre Ziele vor Augen, nämlich den Schutz des menschlichen Lebens und der menschlichen Gesundheit.

*In den folgenden Wochen versuche ich an Stillers Tagebuchaufzeichnungen zu kommen. Währenddessen schlängeln sich Fragenketten durch meinen Kopf: Was gibt Stiller in seinen Aufzeichnungen preis? Erklärt er, weshalb er verschwand? Lassen sich aus dem Tagebuch Rückschlüsse auf seinen jetzigen Aufenthaltsort ziehen?*

*Dann ist der Tag da: Ich halte das Manuskript, Stillers Manuskript, in meinen Händen. Stiller hat seine Gedanken fein säuberlich von Hand in ein Spiralbuch notiert. Sie sind mit »Mein zweites Leben« überschrieben. Vorne auf das Buch hat er ein Foto geklebt. Es zeigt einen Mann mit dunkelbraunen, halblangen, in der Mitte gescheitelten Haaren, der ein Muskelshirt und eine schwarze Sonnenbrille trägt. Seine Lippen sind zusammengekniffen, als wollten sie Härte und Entschlossenheit signalisieren. Entschlossenheit zu allem. Der Mann hat einen Dreitagebart um den Mund und am Kinn. Der Mann ist Stiller. Es gibt keinen Zweifel.*

*Wie benommen starre ich auf das Bild. Stiller sitzt vor einem dunkelblauen Hintergrund und wird von hinten von einer milchig-schimmernden Lichtquelle angeleuchtet. Der Lichtkegel wirkt wie ein Heiligenschein.*

*Auf die Rückseite des Spiralbuches hat Stiller ein kleineres Foto geklebt. Hier trägt er zwar auch ein Muskelshirt, aber keine Sonnenbrille, sondern dieselbe randlose Brille wie auf den Fahndungsfotos der Kriminalpolizei – seine Finanzberaterbrille. Auf dieser Fotografie wirkt er menschlicher. Sein Mund ist hier nicht so verkniffen.*

## Prot.: Gitta Häusler EINE FREUNDIN

Was man im Dorf jetzt über ihn so spricht, nachdem sein Tagebuch da ist? Ja, dass er ausschaut wie ein Zombie … Also die Menschen sind enttäuscht. Er hat ja auch ein Foto mitgeschickt. Und jeder fragt sich, wieso er da eine Sonnenbrille aufhat – wieso man ihm nicht in die Augen schauen kann! Außerdem hat er jetzt lange Haare und so eine Art Außenwelle und ist tätowiert, das war er auch nie. Und dann hat er noch so ein schwarzes Boxer-T-Shirt an; also wie von der Unterwelt kommt das Foto rüber. Und hast du die Oberarme und das gesehen? Der ist ja früher schon mal ins Fitnesscenter, aber da hat er dann immer g'sagt, er könnt zehn Jahre reingehen und würd doch keine Muckis kriegen. Mir kommt's vor, als ob der noch irgendwas g'schluckt hat, dass der auf einmal so Oberarme hat. Das ist nicht mehr der Augustin, der er mal war.

**Prot.: Markus Ballhäuser** ARBEITSKOLLEGE

Ein Foto, das er aus Spanien geschickt hat, habe ich gesehen, das mit der Sonnenbrille. Ja, er hat sich ganz schön gewandelt! Der erinnert jetzt mehr so an einen Lebetypen, einen Rockermann. So ein bisschen auch wie Rocky aus dem Film, ja. Es soll ja, glaube ich, so sein, dass er geschrieben hat, er sei mit seinem damaligen Leben als Banker unzufrieden gewesen; da hat er sich jetzt um 360 Prozent gedreht und will jetzt wohl das alles machen, was früher nichts war: also früher Banker, immer schön mit Anzug und Krawatte rumrennen, und jetzt unrasiert, lange Haare, coole Sonnenbrille auf- und Muskel-T-Shirt anhaben. Also von dem her kann man eigentlich schon sagen, der hat sich um 360 Grad gewandelt.

## Prot.: Wolf Sebastian ARBEITSKOLLEGE

Das Interessanteste wird ja wohl sein, was er von sich gibt, warum er das g'macht hat. Da werden wahrscheinlich schon ein paar gute Dinge drinstehen müssen, wenn er bei irgendjemand erreichen möchte, dass der sagt: »Oh, der arme Augustin.« Vielleicht ist es ja eine Abrechnung mit dem ganzen Dorf. Dann kann man es ja auch nicht jeden lesen lassen.

**Prot.: Gitta Häusler** EINE FREUNDIN

Ich hab g'hört, man erfährt in den Tagebuchaufzeichnungen wohl gar nix. Das wär ein Spanien-Reiseführer, sagt man. Die's lesen durften, sind enttäuscht g'wesen, weil sie nix erfahren, wieso und warum er das g'macht hat. Lediglich, dass er das einfache Leben will. Also d'Leut sind enttäuscht.

## Prot.: Markus Ballhäuser ARBEITSKOLLEGE

Seine Aufzeichnungen habe ich nicht gelesen. Aber ich hab gehört, die ersten 20 Seiten wär's noch recht interessant gewesen, weil er da beschreibt, wie er abgehauen ist, aber danach verfällt das wohl bloß in Tagebuchbeschreibungen, die eigentlich uninteressant sind.

*Stillers Aufzeichnungen. Seine Gefühle am Tag des Verschwindens. An diesem Tag wolle er »die mit deutlichem Abstand einschneidendste Veränderung meines Lebens vornehmen«. Es sei ein »gewaltiger, fast undenkbarer Einschnitt«, denn heute werde er sein »zweites Leben« beginnen, und »niemand, ja wirklich überhaupt niemand werde vorher hiervon etwas bemerkt oder geahnt haben.«*

*Stillers Wortwahl – »gewaltig«, »fast undenkbarer Einschnitt« – gibt eine Ahnung davon, wie hoch er die Bedeutung seines Verschwindens für die Menschheit einschätzt. Nicht einmal seine Lebensgefährtin und seine Familie habe er in sein – wie er formuliert – »äußerst ungewöhnliches Vorhaben« eingeweiht. Stiller beschreibt die Vorbereitung seiner Flucht. Er erklärt, dass er der Mann sei, der das Mountainbike aus dem Gebüsch am Parkplatz des Alpenfriedhofs gezerrt habe. Dass er sein Auto ganz bewusst an der viel befahrenen Bundesstraße abgestellt habe, damit seine Angehörigen nicht lange suchen müssten. Und Stiller äußert bereits an dieser Stelle die Vermutung, dass man aufgrund der Art seines Verschwindens auch mutmaßen könnte, dass er einem Verbrechen zum Opfer gefallen sei.*

**Prot.: Gitta Häusler** EINE FREUNDIN

Ja, die Leute, die tagelang g'sucht haben, sind richtig sauer auf ihn. Der braucht gar nicht mehr kommen, sagen die. Kraftausdrücke werden da auch verwendet. Die sind nicht gut auf ihn zu sprechen.

Mir kommt es so vor, als wollte der allen einen Denkzettel geben. Als ob der eine große Abrechnung g'macht hat. Ich kenn ihn nicht von dieser Seite. Ich kenn ihn echt nicht von dieser Seite. Der hat immer ein Blendax-Lächeln draufg'habt. Der war ja immer gut drauf. Dass der fies sein kann, dass der … ich weiß nicht, was da sonst noch alles passiert ist; mir kommt's so vor, als ob der eine große Abrechnung g'macht hat. Oder dass er einen Blackout g'habt hat.

*Stiller flieht mit dem Fahrrad und dem Zug von Breitenwies über Weil am Rhein und Lörrach bis ins französische Perpignan und weiter nach Spanien. Doch auch in Spanien bleibt er ruhelos, als verfolge ihn jemand. Ist es sein Gewissen, das ihn jagt?*

*Nur selten hält es ihn länger als zwei Tage an einem Ort. Er besucht Städte wie Girona, Madrid, Córdoba, Mijas, Fuengirola, Tarifa, Isla Cristina und Rota bei Cádiz. Meist haust er auf Campingplätzen, in einem Zelt, das er sich vor seiner Flucht heimlich gekauft hat. In den beiden Wintern nach seinem Verschwinden leistet er sich preiswerte Appartements. Seine Aufzeichnungen schließen mit dem Ende seines Aufenthalts in dem Städtchen Chipiona im äußersten Südwesten Spaniens. Dort verbringt Stiller seinen zweiten Winter als Verschollener. Sein mitgenommenes Geld – insgesamt 11.000 Euro – ist nun beinahe aufgebraucht.*

*Stiller hat bereits ein Jahr vor seiner Flucht den Entschluss gefasst, aus seinem Leben als erfolgreicher Finanzberater zu verschwinden. Schon wenige Wochen nach seiner Flucht weiß er ganz genau, dass zu Hause der Teufel los ist. Im Internet findet er drei Zeitungsartikel, die über seinen Fall berichten; Stiller ist bekannt, dass auch ein Mord in Erwägung gezogen wird. Stiller nach dieser Erkenntnis: »Mir ist fast übel, und ich gehe recht frühzeitig zu Bett. Doch es ist für mich vollständig klar, es gibt kein Zurück mehr. Am folgenden Tag gehe ich etwas niedergeschlagen in die St.-Augustin-Kirche, um zu beten. Viele Tränen fließen in der Kirche, aber auch meine Gedanken werden wieder klarer. Ist meine Entscheidung, von Deutschland wegzugehen und alles zurückzulassen, wirklich richtig?«*

*Dann komme ich zu einer Textstelle in Stillers Aufzeichnungen, die mich stutzig macht. Denn Stiller beschreibt seine erstmalige Entdeckung durch die Polizei anders, als dies von der Kripo Seligenfels dargestellt wurde – und auch anders, als mir dies Ackermanns Informant mitteilte. Letzterer sagte, dass die deutsche Polizei im Herbst 2006 ein erstes Lebenszeichen von Stiller hatte. Die Kripo Seligenfels will erstmals im Frühjahr 2007 von Stillers Überleben erfahren haben. Doch glaubt man Stillers Bericht, so kam es nicht erst 2006 oder 2007 zu einer Konfrontation mit der Polizei, sondern bereits wenige Wochen nach seinem Verschwinden. Sehr detailliert beschreibt Stiller, wie er von Urlaubern aus dem Bergland auf dem Campingplatz von El Santiscal in der Nähe der andalusischen Stadt Arcos de la Frontera erkannt und von der spanischen Polizei gestellt wird. Stiller tut in dieser Situation so, als verstünde er kein Spanisch. Doch der Campingplatzbetreiber, der mit zwei Polizisten vor Stillers Zelt steht, ruft mit seinem Handy einen Gesprächspartner an, der Deutsch spricht. Dieser sagt Stiller, dass er in Deutschland als vermisste Person gesucht werde und von Touristen erkannt worden sei; Stiller solle zu Hause anrufen. Stiller, das wissen wir, ruft nicht an. Die Polizisten kontrollieren ihn akribisch, auch seinen Personalausweis lassen sie sich zeigen. Da jedoch nichts gegen ihn vorzuliegen scheint, lassen sie Stiller laufen. Für Stiller ist dieses Erlebnis ein Schock. Er geht davon aus, dass sein Aufenthaltsort nun auch in Deutschland bekannt gegeben werden wird, und beschließt deshalb, für eine Weile nicht mehr mit dem auffällig schwer bepackten Fahrrad weiterzureisen. Außerdem bucht er sich in einer kleinen Pension ein, da er fürchtet, auf Campingplätzen eher auf deutsche Urlauber zu treffen. Auch lässt er sich seine mittlerweile langen Haare wieder ganz kurz schneiden, so wie am ersten Tag seiner Flucht.*

*Wochen später stellt Stiller zu seiner Überraschung fest, dass seine Konfrontation mit der spanischen Polizei nicht bis ins Bergland vorgedrungen ist: Kurz vor dem Jahreswechsel 2005/2006 ruft Stiller die Website seiner bergländischen Heimatzeitung auf, findet auch einen aktuellen Bericht über seine Verschollenheit, doch laut diesem vermeldet die Polizei keinerlei neue Erkenntnisse im Fall Stiller. Vielmehr gehe man weiterhin davon aus, dass Stiller einem Verbrechen zum Opfer gefallen sei. Zudem werde Stillers Fall am 12. Januar 2006 in* Aktenzeichen XY ... ungelöst *bekannt gemacht. »Im ersten Moment zweifle ich an der Richtigkeit des Artikels, ich kann es einfach nicht glauben«, schreibt Stiller. »Scheinbar hat die spanische Polizei mein Auffinden am 17. Oktober in El Santiscal nicht nach Deutschland weitergeleitet, obwohl die Polizisten einen Internetausdruck von meinem Vermisstenfall in der Hand hatten. Ebenfalls erfolgte keinerlei Meldung über die Information des deutschen Ehepaares, das mich in Spanien erkannt hatte und dies an die örtliche Polizeistation weiterleitete.«*

*Stiller ist noch einmal davongekommen. Fortan reist er allerdings vorsichtiger und meidet vor allem deutsche Urlauber. Mit Erfolg – bis zum 24. Januar 2007. Diesen Tag bezeichnet Stiller als »den schwärzesten Tag« seiner Flucht. Denn an diesem Tag gerät er in seinem Winterquartier Chipiona zufällig in eine Routinekontrolle der spanischen Polizei. Stiller wird nach eigenen Worten durchsucht wie ein »Schwerverbrecher«. Probleme bereitet den Beamten wohl vor allem, dass sein Aussehen völlig von dem Foto in seinem Personalausweis abweicht. Stiller wird mit auf die Wache genommen, wo sein Vermisstenstatus festgestellt und er eine Stunde lang vernommen wird. Vor allem deshalb, weil die Polizei in Stillers Geldbeutel einen schwarz verfärbten Fünfhunderteuroschein findet, dessen Echtheit sie anzweifelt. Der Schein war Stiller zusammen mit mehreren anderen feucht geworden. Vor geraumer Zeit. Doch entgegen der Erwartung der Polizisten stellt sich der Schein als echt heraus, und auch sonst scheint nichts gegen den merkwürdigen Deutschen vorzuliegen. Die Polizei lässt Stiller laufen. Ende Januar ruft Stiller erneut die Homepage seiner Heimatzeitung im Bergland auf und erfährt, dass die Vermisstensuche nach ihm beendet wurde. Stiller ist einerseits erleichtert, andererseits fürchtet er nun, dass die deutschen Behörden Regressansprüche »wegen der langen und kostspieligen Suche« gegen ihn geltend machen könnten. Stiller: »Eine dumme Situation, die ich absolut nicht abschätzen kann.«*

*Rätselhaft an Stillers Schilderung ist, dass auch die Daten dieser zweiten von ihm geschilderten Konfrontation mit der Polizei nicht übereinstimmen mit den Daten, die von der Kripo Seligenfels veröffentlicht wurden. Die Kripo Seligenfels behauptet, Stiller sei am 11. Februar verhört worden. Stiller behauptet, es sei der 24. Januar gewesen.*

**Prot.: Helmut Ackermann** EIN FAHNDER DER KRIMINALPOLIZEI

Wenn es wirklich so gewesen sein sollte, dass Stiller bereits im Herbst 2005 von der spanischen Polizei kontrolliert worden ist, dann müsste dieser Vorgang von der spanischen Polizei an die deutschen Kollegen weitergeleitet worden sein. Ich würde in diesem Zusammenhang eher der Polizei glauben als Stillers Ausführungen.

*Ackermanns Einschätzung macht mich nachdenklich: Welches Interesse könnte Stiller daran haben, das erste Zusammentreffen mit der Polizei zu erfinden oder umzudatieren?*

## Prot.: Markus Ballhäuser ARBEITSKOLLEGE

Dass die Polizei schon so bald nach seinem Verschwinden ein Lebenszeichen hatte, das wusste ich nicht, nein. Das ist mir neu.

Ja, das wäre natürlich schon krass, wenn die Polizei das den Angehörigen nicht gesagt haben sollte. Aber das ist generell so in diesem ganzen Fall. Wie das abgelaufen ist – ich verstehe es ja immer noch nicht. Weil ich keinen Sinn darin sehe.

## Prot.: Sieglinde Gottesdiener ARBEITSKOLLEGIN

Wieso die Polizei das so lange zurückg'halten hat, das weiß ich auch nicht. Das ist unerklärlich. Die Angehörigen haben sicher nicht gewusst, dass es dieses Lebenszeichen gibt, weil so lange können die gar nicht schweigen. Und außerdem hat der Vater doch soundso viele Messen g'spendet und noch ewig lang. Also wenn die Angehörigen g'wusst hätten, dass er lebt und dass er aufg'funden worden ist, dann hätt doch der Vater nicht mehr die Messen gezahlt! Das hat die Polizei verschwiegen. Aber aus was für einem Grund? Waren sie sich nicht hundertprozentig sicher?

Der Fall Madeleine, der ist doch genauso gespenstisch. Da kommt's mir allerdings bald noch so vor, dass die Eltern von dem Mädchen dahinterstecken. Wie skrupellos die sind – von den Spenden ihr Haus abzuzahlen! Das kann's doch nicht sein! Das ist letztens in den Nachrichten gekommen. Und dann auch noch, dass man dem Mädchen Beruhigungstabletten 'geben hat aus irgendwelchen Gründen! Das haben sie ja zugegeben. Nein, aber der Fall Augustin … ich bin jetzt auch echt so weit, ich möchte gar nicht mehr drüber reden mit ihm. Wenn der jetzt zu mir käm, das tät mich alles nicht interessieren. Weil, wo ich das Foto g'sehen hab, ich … nein, also wahnsinnig! Mein Mann hat g'sagt: »Wie ein Spanier!« Und wenn ich ihm nicht einmal in die Augen schauen kann, wenn er die Sonnenbrille aufhat! Und das Tattoo am Oberarm und das Shirt und die Oberarme, das ist alles ganz komisch.

## Prot.: Manfred Ewaldinger KRIMINALHAUPTKOMMISSAR*

Ich nehme, was Presseauskünfte und ähnliche Anfragen betrifft, ausschließlich zu akut bei uns anhängigen Fällen Stellung. Sobald der Vorgang, wie der Vermisstenfall Stiller, abgeschlossen und an die Staatsanwaltschaft abgegeben ist, äußere ich mich grundsätzlich nicht mehr. Ich bitte Sie also herzlichst um Verständnis, dass ich Ihre nochmalige Anfrage nicht beantworten werde.

* Leiter der Ermittlungen

**Prot.: Helmut Ackermann** EIN FAHNDER DER KRIMINALPOLIZEI

Mich überrascht nicht, dass das Ergebnis Ihrer Anfrage bei der Polizeibehörde für Sie nicht ganz befriedigend war. Sie wissen ja, dass in den Behörden - und wie ich glaube, im Großteil der Institutionen oder Unternehmen - eine sehr, sehr sensible, wenn nicht furchtvolle Zurückhaltung gegenüber Medienanfragen speziell oder anderen Zivilisten bzw. Außenstehenden besteht.

Und noch eines möchte ich Ihnen sagen: Sie können davon ausgehen, dass die Polizei den Angehörigen mit Sicherheit bereits vom ersten Lebenszeichen, das sie von Stiller erhielt, berichtete. Was die Angehörigen mit diesem Wissen dann tun, ist aber nicht mehr Angelegenheit der Kollegen.

*Ich lese weiter in Stillers Aufzeichnungen. Stiller erzählt von Begegnungen mit ihm ungewöhnlich erscheinenden Menschen und von sportlichen Grenzerfahrungen auf dem schwer beladenen Fahrrad. Mal fühlt er sich »wie im Wilden Westen«, mal staunt er über die »unterschiedlichsten Typen«, die »die riesige Bahnhofshalle« des Madrider Bahnhofs passieren oder das »überwältigende Gefühl«, am Punta de Europa, dem südlichsten Punkt von Gibraltar, zu stehen. Ausführlich hält Stiller im Tagebuch fest, wie sehr ihm das Radfahren Schmerzen bereitet. Er scheint diese Schmerzen förmlich zu genießen. Auch der Beschreibung der vermeintlichen Gefahren, denen er sich permanent aussetzt, räumt er viel Platz ein. Zudem teilt Stiller mit, dass er nun häufig bete. Dass Stiller religiös ist, hat mir keiner meiner Gesprächspartner bislang erzählt.*

*An vielen Stellen lesen sich Stillers Aufzeichnungen wie ein Reiseführer. Kenntnisreich berichtet Stiller von Tapas und anderen gastronomischen Besonderheiten Spaniens, von der spanischen Fischkonservenindustrie und von der politischen Entwicklung des Landes seit der Franco-Herrschaft.*

*Doch sich selbst erklärt Stiller nicht.*

**Prot.: Markus Ballhäuser** ARBEITSKOLLEGE

Dass er nur wenig über seine Gefühle schreibt, spricht für mich Bände: Es interessiert ihn eigentlich gar nicht, wie es den Leuten geht, die jetzt zurückgeblieben sind. Für ihn ist das ein kurzes Ding gewesen, und damit ist es erledigt.

Klar ist das herzlos. Ja gut, das müsste man dann halt wirklich wissen, was die Lebensgefährtin von ihm dazu sagt. Das ist das, was ich halt auch nicht begreife. Ich würde es merken, wenn meine Frau zwei Jahre lang nebenher in irgendeiner Weise irgendwas planen würde. Und wenn die sagt, sie hat's überhaupt nicht mitgekriegt, »ich weiß es nicht« und »der ist jeden Tag gleich gewesen«, dann ist er wirklich so ein super Schauspieler, oder es hat halt generell nicht so gestimmt.

*Immer wieder versichert Stiller sich selbst, dass mit einem »starken, eisernen Willen vieles unmöglich Erscheinende plötzlich möglich« werde. An diesen Stellen spüre ich, wie groß für Stiller dieser Schritt in die Fremde war; und wie sehr Stiller an der Richtigkeit seiner Flucht zweifelt. Bereits nach wenigen Seiten platziert er eine Entschuldigung:*

*»Nun aber zur Gegenwart, denn ich möchte möglichst wenig Gedanken an meine Vergangenheit verlieren. Es schmerzt sehr, diese Jahre wahrscheinlich für immer zurückzulassen. Mir kommen die Tränen, denn es war zum Großteil schön. Eines ist mir jedoch noch sehr, sehr wichtig, es liegt mir wirklich schwer auf meinem Herzen. Ich möchte mich vor allem bei meiner langjährigen Lebensgefährtin, meinem herzensguten Vater und meinen Geschwistern für diese Art Flucht, ohne zuvor je ein Wort darüber zu sprechen, zutiefst entschuldigen. Ich weiß, es ist unverzeihlich, und es tut mir wirklich leid, besonders natürlich für meine Lebensgefährtin – ich muss kurz unterbrechen, mir laufen die Tränen ununterbrochen rechts und links die Wangen hinunter …«*

*Spricht aus diesen Zeilen der Stiller, den wir kennen? Was ist mit Stiller geschehen?*

## Prot.: Sieglinde Gottesdiener ARBEITSKOLLEGIN

Erst nachdem der Augustin verschwunden war, hat mir eine Arbeitskollegin von ihm erzählt, dass er zuletzt auch aggressiv und wütend sein konnt. Aber das hab ich nie erlebt.

*Auch auf seiner Flucht bleibt Stiller der perfektionistische Bankberater, den seine Mitmenschen kannten: Zwar behauptet er am Anfang seiner Ausführungen, er habe »bewusst keinerlei zwingende Ziele für sich definiert«, denn er werde »alles auf mich zukommen lassen«. Doch seine Wortwahl signalisiert, dass er auch auf der Flucht nicht aus seiner Haut schlüpfen kann. Permanent setzt er sich Ziele, die er dann auch auf Biegen und Brechen zu erreichen sucht. Mal sind es geografische, mal sportliche, mal geistige wie das Erlernen der spanischen Sprache: »Um meine mageren Spanischkenntnisse zu erweitern, habe ich für mich festgelegt, jeden Tag mindestens zwanzig neue Wörter zu lernen und aufzunotieren, und dies wirklich konsequent, da ich dies die letzten Wochen fast vollständig vernachlässigt habe«, vermerkt er einmal in seinem Tagebuch. Für seinen ersten Winter auf der Flucht schreibt er sich ein Fitnessprogramm vor: »Ich lege eine entsprechende Gesamttabelle an, um eine gewisse Kontrollmöglichkeit zu haben, denn ich will sämtliche Übungen fünfmal in der Woche absolvieren.«*

*Stiller, der Controller. Stillers Flucht ist eine Flucht nach Businessplan. Die Ziele seines Businessplans setzt Stiller zueinander in eine Hierarchie, um herauszufinden, welches es als Nächstes zu erreichen gilt. Nach einem passenden Winter-Appartement sucht er mehrere Wochen – damit die Höhe der Miete nicht sein Finanzbudget sprengt. Als er sich für ein Appartement entschieden hat, prüft er akribisch, ob alle auf der vom Makler überlassenen Liste verzeichneten Einrichtungsgegenstände wirklich vorhanden sind und auch funktionieren. Dazu Stiller: »Dies nimmt einige Zeit in Anspruch, da ich die einzelnen spanischen Begriffe erst im Wörterbuch nachschlagen muss.«*

*Stillers Sprache ist durchsetzt von Wörtern wie »definieren«, »planen« und »organisieren«. Es ist, als würde Stiller arbeiten. Als wäre sein Verschwinden Pflichterfüllung. Er leidet, wenn er wegen starken Regens nicht weiterfahren kann: »Ich bin somit einen vollen Tag zum Nichtstun verurteilt«; an einem anderen Tag will er abends nach einer Irrfahrt auf der Suche nach einem Campingplatz noch »ans Meer, um etwas abzuschalten«. Abschalten muss man, wenn man sich in einer Mühle aus Stress und Routine gefangen fühlt. Was ist mit Stiller? Warum ist er geflohen, wenn er so weiterlebt wie bisher?*

*Stiller, der Perfektionist. Einmal trainiert er drei Stunden lang das möglichst schnelle Zerlegen seines Fahrrads, damit er ja nicht den Zug verpasst, in den das Fahrrad verladen werden muss. Hier wirkt Stiller fast zwanghaft. Gelegentlich wird sich Stiller dessen auch bewusst; dann findet er es selbst zum Lachen, dass er auf seine Flucht per Fahrrad einen Fön mitgenommen oder über ein Jahr nach seinem Verschwinden etwa ein Drittel seiner nach langen Überlegungen zusammengestellten Ausrüstung noch überhaupt nicht verwendet hat.*

*Stiller, der Realist. Als er den »grandiosen« Sonnenuntergang von Tarifa genießt, schaut Stiller auf die Uhr: »Um genau zwanzig Uhr verschwindet die Abendsonne mit einem fesselnden Farbspiel am glutroten Horizont des unendlichen Atlantischen Ozeans.« Romantik nach Zeitplan. War es das, wonach er suchte?*

*Stiller, der sich nach Sicherheit sehnt. Die Stadt Isla Cristina wählt er unter anderem deshalb als Zufluchtsstätte für seinen ersten Winter, weil es hier »sogar« einen Lidl-Markt gibt.*

*Zwischendurch könnte man meinen, dass Stiller einfach nur spinnt; etwa, wenn er folgendes Erweckungserlebnis schildert: »Ich mache soeben eine kleine Pause auf einer leichten Anhöhe und habe gerade an einem uralten steinernen Wegkreuz gebetet: Da! Ein prächtiger, markanter Bussard oder Falke mit einem auffälligen, orange-roten Schwanzgefieder kreist fernab von mir über den weiten, abgeernteten Äckern, und ich wünsche mir, dass er näher kommt. Genau in diesem Augenblick passiert es … – nur ein Zufall?« Hält sich Stiller für einen Auserwählten?*

## Prot.: Dr. Kaspar vom Tal

FACHARZT FÜR PSYCHIATRIE UND PSYCHOTHERAPIE

Ob Herr Stiller unter einer Schizophrenie leidet? Wenn er bis zum sechsunddreißigsten Lebensjahr wirklich völlig unauffällig und gesund gewesen ist, wird diese Diagnose zwar etwas unwahrscheinlicher, ist aber durchaus nicht ausgeschlossen. Die plötzliche, radikale und für die Umwelt nicht zu begreifende Lebensänderung ohne die geringste Absicherung – so hat Herr Stiller nicht einmal sein Geld mitgenommen – passt, und die chaotisch wirkenden Verhaltensweisen können für eine Schizophrenie sprechen.

Das Anlegen der aufwendigen Inventarlisten bei der Übernahme der Wohnung könnte ein Hinweis auf Kontrollwahn, ein Symptom einer Schizophrenie sein.

Für eine Schizophrenia simplex würden die deutlichen und anhaltenden Veränderungen der früheren Persönlichkeitsanteile sprechen: der soziale Rückzug, die Selbstversunkenheit und ein möglicherweise wenig zielgerichtetes Verhalten.

Wenn wir das Ereignis mit dem Falken und die Empfindungen des Herrn Stiller dabei betrachten, belegt das natürlich ebenfalls keine Psychose, aber es kann als ein Hinweis darauf verstanden werden – vor allem, wenn noch mehr solcher Ereignisse hinzukommen würden. In diesem Zusammenhang spielt seine scheinbar plötzlich auftretende Religiosität eine Rolle. Wenn Menschen, die nie in die Kirche gegangen sind, plötzlich sehr starke religiöse Empfindungen entwickeln, für die keine andere Erklärung gefunden werden kann, kann auch das auf eine Psychose hindeuten.

*Von Einsamkeitserfahrungen berichtet Stiller selten. Erst nach Wochen fließen ihm Sätze in die Feder wie: »Ich fühle mich zum ersten Mal so richtig alleingelassen und einsam. Eindeutig zu einsam.« Unwillkürlich denke ich an alle, die Stiller in der Heimat zurückgelassen hat. Stiller und die Frauen: Meist »unterhalte ich mich blendend« mit ihnen. Auch begutachtet er ihre Körper und hält präzise ihre Vorzüge fest: »Sie ist vor allem zum Klettern hier, was man ihrem schlanken und sportlichen Körper auch ansieht«; Frauen sind bei Stiller »süße Mäuse« oder »ausgesprochen sympathische und hübsche Ladies«. Einmal schildert Stiller eine kurze Affäre mit einer Spanierin. Sie habe ihm »verheißungsvolle Blicke« zugeworfen, schreibt Stiller, und ihm »Ich liebe dich« gesagt, »was nach dieser Zeit« – Stiller kannte sie nur wenige Tage – »sicherlich nicht ganz ernst gemeint ist, aber wir sind zwei freie und erwachsene Personen, und sie ist sehr sympathisch.«*

Prot.: Dr. Kaspar vom Tal FACHARZT FÜR PSYCHIATRIE UND PSYCHOTHERAPIE

Es kann auch sein, dass Herr Stiller an einer affektiven Erkrankung leidet, am ehesten an einer Manie. Dazu würde dieses Verschwinden mit dem Fahrrad passen. Aber auch dieses plötzliche Ändern des Äußeren, vom Anzug zum Muskelshirt, zum Dreitagebart, zu langen Haaren und zur Tätowierung. Das könnte auch Ausdruck einer manischen Episode sein.

Eine Manie bringt eine Antriebssteigerung mit sich. Das sieht man in der Praxis häufiger. Antriebssteigerung, Ruhelosigkeit, Konzentrationsschwierigkeiten, vermindertes Schlafbedürfnis, aber auch leichtsinniges und verantwortungsloses Verhalten können auf eine Hypomanie oder eine Manie hinweisen. Das »Sich-erklären-wollen«, also das Tagebuch des Herrn Stiller, der Verlust sozialer Hemmungen sowie seine unangemessenen und teilweise tollkühnen, leichtsinnigen Verhaltensweisen und eine sich aus seinen Aufzeichnungen ableitbare, überhöhte Selbsteinschätzung würden für eine Manie sprechen.

Auch dass er seiner Familie und seiner Lebensgefährtin mit der Versendung des Tagebuchs in die Dorfgemeinschaft zusätzlich zur Inszenierung seiner Flucht als Verbrechen noch einmal Schmerzen zufügt, und dass er sich in diesem Tagebuch hauptsächlich mit seinen Schmerzen beim Radfahren beschäftigt, aber fast gar nicht mit den seelischen Schmerzen, die er sich und seinen Angehörigen angetan hat, könnte für einen Verlust sozialer Hemmungen sprechen.

**Prot.: Gitta Häusler** EINE FREUNDIN

Ich kann mir nicht vorstellen, wie er hierher zurückkommen soll. Die Ecke hier, die meidet den. Und da kann er mit seinem Lächeln und seinem Lustigsein nix mehr gutmachen. Die haben echt einen Zorn auf ihn. Wenn nicht sogar Hass. Weil, sicher, da gab's damals schon ein paar Rustikale, die haben g'sagt: »Müssen wir jetzt auch noch den Deppen suchen!« Und da wusst man ja noch gar nicht, dass er lebt. Das ist aus der Musikkapelle 'kommen. Also die haben schon massive Wörter verwendet. Halt so einfache. Die sind alle nicht mehr gut auf ihn zu sprechen.

*Stiller macht die Bekanntschaft einer Dame aus Kassel, Mitte 40, »eine äußerst attraktive und sympathische Frau mit der Figur einer 30-Jährigen, die keinesfalls mit ihren weiblichen Reizen spart.« Stiller lässt sich von ihr mit Reiki-Massagen verwöhnen. Etwa zur selben Zeit zeigt sich Stiller von einer Schweizerin fasziniert, weil die mit ihrem Lebensgefährten und einigen Schlittenhunden das ganze Jahr über in der Antarktis in einem Holzhaus ohne Strom und fließend Wasser wohnt. Sie strahlt für ihn die vollkommene Zufriedenheit aus.*

## Prot.: Sieglinde Gottesdiener ARBEITSKOLLEGIN

Nein, von so was, wie der gemacht hat, träumt niemand. Nicht so, wie er das macht. Da ist keiner fasziniert g'wesen.

*Keiner der Frauen, die Stiller kennenlernt, gibt Stiller seine wahre Geschichte preis. Manchmal tritt er ihnen sogar mit falschem Namen gegenüber. Das Risiko einer Enttarnung ist ihm zu groß. »Ich weiß, dass ich ihr damit sehr wehtue, doch es sollen einfach einige schöne Tage sein, denn mein Weg soll weitergehen.«*

**Prot.: Markus Ballhäuser** ARBEITSKOLLEGE

Wenn ich ihm was sagen könnt, jetzt, dann würd ich sagen, dass er's mir erklären soll. Weil aus den Aufzeichnungen heraus würde ich es nicht verstehen.

*An einer Stelle unternimmt Stiller einen Erklärungsversuch.*

*»Übrigens habe ich noch nicht erwähnt, warum ich von Deutschland wegwollte und so fluchtartig aufgebrochen bin. Ich kann es nicht genau erklären, aber ich hatte die letzten Jahre ständig den inneren Drang, etwas völlig Neues zu erleben. Ich suchte eine wirkliche Herausforderung und in gewisser Weise auch ein Abenteuer.« Die Welt zu Hause sei ihm zu normal und eintönig geworden, schreibt Stiller weiter. Alles sei festgefahren gewesen. »Fast jeden Tag der ähnliche Ablauf, vieles total organisiert, zahlreiche Verpflichtungen und jede Menge Vereinsarbeit.« In der Bank sei alles gut gelaufen, aber gelangweilt habe es ihn trotzdem. Sein innerer Drang nach einem einfachen und zufriedenen Leben in einem südlichen Land direkt am Meer sei immer stärker geworden. Dieser Traum sei ihm nicht mehr aus dem Kopf gegangen. Er habe gewusst, dass dies »einen gewaltigen, fast unvorstellbaren Schritt, eine nicht mehr rückgängig machbare Trennung von wirklich allem« bedeute. Doch sei er sich sicher gewesen, dass er diese völlige Veränderung seines bisherigen Lebens wünsche. »Ich werde meine Träume und Sehnsüchte realisieren. Ich konnte es meiner Lebensgefährtin und meiner Familie nicht erklären. Es hätte auch überhaupt keinen Sinn gehabt. Sie hätten es bestimmt nicht verstanden – besser gesagt, sie hätten es nicht verstehen wollen.«*

*Stiller über seine nächsten konkreten Ziele: »Für mein ›zweites Leben‹ werde ich einige grundlegende Dinge realisieren. Ich will eine absolute körperliche Fitness erreichen, möglichst keinen Alkohol trinken, außer gewisse Situationen erfordern eine Ausnahme. Mein vorläufiges und vorrangiges Hauptziel ist es, Spanisch in Schrift und Sprache zu erlernen. Besonders wichtig ist mir meine persönliche Zufriedenheit. Ich werde alles einfach auf mich zukommen lassen.«*

*Hat Stiller wirklich wegen seines Bedürfnisses nach einer Ernährungsumstellung, nach körperlicher Fitness und nach dem Erlernen einer Fremdsprache einen Mord inszeniert?*

## Prot.: Helmut Ackermann

EIN FAHNDER DER KRIMINALPOLIZEI

Vermutlich hat Stiller aus irgendeiner Quelle erfahren, dass Sie an einem Buch über seinen Fall arbeiten; dieses Wissen könnte ihn dazu bewogen haben, mit besagtem Tagebuch seine Version der Ereignisse im Dorf zu verbreiten. Es ist eine für einen Vermissten völlig untypische Verhaltensweise, ein Tagebuch über seine Flucht in die Heimat zu schicken. So etwas habe ich noch nie gehört. Die meisten Vermissten verhalten sich still und suchen keineswegs die Öffentlichkeit. Im Übrigen halte ich es für nicht ausgeschlossen, dass einer unter Stillers Angehörigen bereits seit Längerem mit ihm in Kontakt steht und ihn über die Entwicklungen im Bergland informiert.

## Prot.: Dr. Kaspar vom Tal

FACHARZT FÜR PSYCHIATRIE UND PSYCHOTHERAPIE

Es kann sein, dass Herr Stiller an einer hirnorganischen Erkrankung leidet. Die auffälligen Symptome könnten zum Beispiel auch durch einen Gehirntumor oder Durchblutungsstörungen bedingt sein. Durch solche Erkrankungen kann sich die Persönlichkeit der Betroffenen völlig verändern.

Man weiß heute, dass nicht nur Unfallverletzungen, sondern auch Gehirntumore und Gehirninfektionen zu Veränderungen führen können, welche unter anderem das moralische Bewusstsein beeinflussen. So vermuten einige Forscher heute, dass die Veränderung der Ulrike Meinhof von der Kolumnistin zur Terroristin durch einen operierten Blutschwamm im Gehirn, im Sinus cavernosus, mitbedingt sein könnte. Aus meiner Sicht ist aber die entscheidende Frage, ob Ulrike Meinhof auch ohne den Blutschwamm zur Terroristin geworden wäre, nicht seriös zu beantworten.

Als weitestgehend gesichert gilt heute, dass Durchblutungsstörungen im Stirnhirnbereich bei vielen Menschen moralische Kontrollfunktionen beeinträchtigen können.

**Prot.: Oswald Gerwinkel** BEKANNTER

Ich glaub schon, dass er jetzt Heimweh hat. Sonst hätt er nicht die Aufzeichnungen ins Dorf gegeben. Wenn er einen Neuanfang sucht, warum hat er jetzt so ein großes Mitteilungsbedürfnis? Er hat eben noch nicht abg'schlossen mit der ganzen Sache! Ich glaub, dass es nicht mehr lange dauert, bis er wiederkommt.

**Prot.: Markus Ballhäuser** ARBEITSKOLLEGE

Ja, vielleicht wollt er einfach ein ganz anderer sein. Ein Rocky eben.

## BiblioFilmographie / Dank

Die im Folgenden aufgelisteten Bücher und Christian Bauers Film lieferten mir Fachwissen über das Verschwinden von Menschen und/oder halfen mir aufgrund ihrer künstlerischen Konzeption beim Entwickeln einer für die Geschichte des Augustin Stiller passenden Erzählform.

Paul Auster:
*Vom Verschwinden – Disappearances. Gedichte // Poems*, Zweisprachige Ausgabe, Rowohlt, Reinbek bei Hamburg 2001

Christian Bauer (Regie):
*Missing Allen – Wo ist Allen Ross?*, Tangram Filmproduktion-arte-BR-SR, München 2001

Lars Brandt:
*Andenken*, Hanser, München-Wien 2006

Horst Clages, Klaus-Dieter Schlieper:
*Polizeiliche Bearbeitung von Vermisstenfällen. Ein Leitfaden*, Kriminalistik, Heidelberg 1995

Max Frisch:
*Stiller*. Roman, Suhrkamp, Frankfurt a. Main 1954

Günter Milke:
*Vermisst – was nun? Sachbearbeitung – Rechtslage – Problematik – Schicksal*, Boorberg, Stuttgart-München u. a. 1994

Andrea Maria Schenkel:
*Tannöd*, Kriminalroman, Edition Nautilus, Hamburg 2006

Für ihre Unterstützung bei der Entstehung dieses Buches danke ich Friedrich Ani, K. K., Rubina Möhring (ORF/3Sat Kulturzeit), Kay Muehlmann (Donau-Universität Krems), P. M., Ina-Maria Reize (ZDF, *Aktenzeichen XY*), Carolin Sonner und Patrick Vallée (Sonner, Vallée u. Partner), Christian Stiefenhofer (dokurama – life on tape), Ralf Tschada, Peter Waldenberger (ORF/Ö1), Christian Weischer (Lagrev-Verlag) und W.
Darüber hinaus danke ich all den Menschen, die mir in vielen und anstrengenden Gesprächen von Vermisstenschicksalen aus ihrem direkten Umfeld erzählten und auf diese Weise dieses Buch erst ermöglichten.

KRIMI SNACK

Handlich. Spannend. Gut.

Appetit auf mehr?

Lucie Flebbe
**Das Monster**
Kriminalerzählung
ISBN 978-3-86913-293-8

Jan Beinßen
**Die Tote im Volksbad**
Kriminalerzählung
ISBN 978-3-86913-277-8

Friedrich Ani
**Die böse Farbe**
Kriminalerzählung
ISBN 978-3-86913-276-1

ars vivendi